[日] 青山七惠　著

快　乐

岳远坤 译

上海译文出版社

图书在版编目(CIP)数据

快乐/(日)青山七惠著;岳远坤译. —上海:
上海译文出版社,2017.6
(青山七惠作品系列)
ISBN 978 - 7 - 5327 - 7422 - 7

Ⅰ.①快… Ⅱ.①青… ②岳… Ⅲ.①长篇小说—日
本—现代 Ⅳ.①I313.45

中国版本图书馆 CIP 数据核字(2016)第 313495 号

KAIRAKU
© Nanae Aoyama 2013
All rights reserved.
Originally Japanese edition published by KODANSHA LTD.
Publication rights for Simplified Chinese character edition arranged with KODANSHA LTD.
through KODANSHA BEIJING CULTURE LTD. Beijing, China

图字:09 - 2014 - 245 号

快乐   [日]青山七惠 著   出版统筹 赵武平
快楽   岳远坤 译   责任编辑 刘 玮
                                        装帧设计 吴建兴

上海世纪出版股份有限公司
译文出版社出版
网址:www.yiwen.com.cn
上海世纪出版股份有限公司发行中心发行
200001 上海福建中建 193 号 www.ewen.co
浙江新华数码印务有限公司印刷

开本 850×1168 1/32 印张 7.5 插页 5 字数 110,000
2017 年 6 月第 1 版 2017 年 6 月第 1 次印刷

ISBN 978 - 7 - 5327 - 7422 - 7/I·4524
定价:38.00 元

等船的人们肌肤潮红湿润。

现在是下午六点四十五分，开往岛上的小型船码头混乱拥挤。冒着汗的大大小小的身体挤满了乘船口前面的道路，长长的队伍弯弯曲曲向前延伸。戴着袖章的工作人员毫无章法地大声喊着，引导大家排队上船。其间，游客们又从旁边机场的航站楼不停地拥向这里。

坐了十三个小时飞机来到这里，耀子与丈夫并排站在队伍的中间位置，受不了这里的喧嚣和耀眼的夕照，她闭上了眼睛。周围的噪音似乎被卷入外部光线，很快便变得模糊不清，消匿在眼皮下的阴暗当中了。然而，过了一会儿，这些声音当中，唯有旅行箱的轮子摩擦炽热的柏油路面的声音竟逐渐变得清晰响亮起来。仔细听，那就像是从大海深处悄然传来的水声。偶尔有飞机从空中飞过，轰隆隆的巨响将一切声音淹没，只有那水声在她内心深处静静地回响不绝。

远方海湾中的海浪在夕阳中摇荡，就像燃烧的透明火焰。一艘小型船从那边开了过来。人群中发出一阵低低的唏嘘声。耀子睁开眼睛，看到乘船口的旁边站着一个肤色浅黑的男子，抱着胳膊站在那里，一脸高兴的样子。他拿起落在地上的缆绳，然后便插在了耀子和她身后的一个老太太中间。"Next ship!"老太太戴着一条花围巾,低声喊着表示抗议。满是皱纹的脸变得扭曲。在他们身后,排着一条长长的队伍,一直延伸到银光闪闪的机场航站楼。被疲劳和绝望折磨的人们的脸孔,就像是从几十年前就一直站在这里的雕塑。

船开动之后,摇晃得厉害,耀子很快开始晕船。

发动机发出夸张的响声,仿佛要刻入码头的岩壁一般。船上的乘客纷纷皱起眉头,不再说话。船在茂密丛生的水草间慢吞吞地向前行驶。天气很热。温润的海风不停地从窗户吹进来,因热气而变红的人们的肌肤更加湿漉漉。堆满了旅行箱的甲板上,年轻的乘务员默默地嚼着口香糖。他们偶尔回过头来,遥望被囚禁在不快当中却无从反抗的那些乘客,舔一舔他们那像鞣过的皮子般薄软的嘴唇。

恶心呕吐的感觉不断上涌。为了转移自己的注意力,耀子紧紧地盯着坐在对面的两个少女。船上,只有这两个少女自刚才开始便一直脸贴着脸,小声说着话。她们都穿着低胸紧身T恤,但是从细长的脖子到小腹部却几乎没有什么像样的曲线。大概有八九岁的样子。不过,这个国家的少女都比较早熟,因此实际年龄可能更小一些。其中一个肤色黝黑,黑色鬈发垂到腹部,脖子上戴着一根十字架项链。她的指甲染成了蓝色,正在把玩十字架,时而拧一下金链儿,时而得意地将项链衔在嘴中,其间仍在不停地说话。另外一个少女皮肤白皙却满脸雀斑。每当她随声附和，在脸庞周围摇摆的金发便宛若浸润在荧光灯的光线里，近似于白色而非金色。她的脖子上没有可供她把玩的东西，像棉花一样柔软的耳垂成了她的玩具。

"没事吧？"

慎司将脸贴近裸露在潮湿海风中的耀子耳边，努力让自己声音盖过发动机的声音，大声问道。

"没事。"

看到丈夫额头和鼻子下面布满汗珠，用一种调侃的眼神看着自己，耀子便朝向他，夸张地清清喉咙，将积留在口中的酸酸的唾液咽了下去。呕吐的感觉完全没有消失，反而更加强烈了。

"马上就到了。"

慎司轻轻地握住耀子的手。她任凭他拉着自己。

船剧烈摇晃，溅起温湿的浪花，濡湿了低着头的耀子的脸颊。她抬起头来，看到明亮的翡翠色波浪对面有一个扁平的小岛，被褐色的岩壁包围起来。丈夫告诉她，那个小岛叫做圣米凯莱岛，上面全都是墓地。对面的两个少女互相捏着对方从短裙中伸出来的像管弦乐器一样的大腿，嗤嗤笑着。

"下了船休息一会儿吧。酒店就在旁边……"

慎司从口袋里拿出一张叠得整整齐齐的打印纸。印刷出来的地图上，有一个用黄色的荧光笔做的标记。

耀子仰起头来，闭上了眼睛。

关键的事，都还没有开始——

加布里埃尔酒店面朝造船厂附近的沿海路。

下了船之后，慎司拖着两个人的沉重行李箱，跟在妻子后面。刚才还脸色苍白、痛苦地紧闭双眼的耀子，刚一落地便目不斜视地朝酒店的大门走去。不知什么时候，被潮湿的海风吹乱的头发已恢复了光泽，整齐地垂下，在细长的脖颈处描绘出规则的曲线。酒店的前台，一个戴眼镜的高个子男子将房间的钥匙递给他们。

"好累啊。"

丈夫一屁股坐在大床的床沿上，说道。她没有理会，自顾自地打开行李箱的锁，取出叠得整整齐齐的衣服，挂在衣柜里。整个动作完全是机械性的，干脆利落，看不出半点长途旅行的疲惫。然后，她脱掉衣服，走向浴室。

沐浴液不起泡，耀子也不着急。

她想要的是那种在打开水龙头的瞬间喷薄而出的热水，能在疲惫浮肿的肌肤上留下红色的斑点，仅此而已。

耀子穿着一件优雅的黑色礼服，露出纤细的肩膀，与丈夫一起走了出来。在圣扎卡里亚码头等船的时候，慎司若无其事地抚摸她的肩。耀子回过头去，只见他厚厚的唇角向上扬起，脸上露出满意的微笑。

两人混杂在许多游客当中，站在汽船的甲板上，沿着运河逆流而上。

西方低垂的天空已经被染成了暗橙色，夜色一点点地渗透出来。奇怪的是，东方的天空依然明亮，辨不出是蓝色还是绿色。耀子目不转睛地盯着运河的水面，感到稍微有些不如意。过了一会儿，她终于忍不住，便从包里拿出化妆镜，以令人吃惊的速度轻轻地补了一下口红。

"那颜色……"旁边的慎司还未说完，耀子便回了一句"你别管"，打断了他的话。然后，两个人都不再说话。

另外一对夫妇正在圣托马码头等着他们。

丈夫德史穿着一件白色的短袖衬衫和一条藏青色的休闲裤，两手插进屁股后面的布兜里。妻子芙祐子为了掩饰圆乎乎的身材，穿着一件宽松的浅蓝色纯棉连衣裙。头发垂到胸口，一根细细的发箍别住额发，露出额上的美人尖，额头上洋溢着迎接友人的喜悦与善意。她把手腕轻轻地搭在丈夫背在身后的粗壮胳膊上。每当有汽船靠近码头，她便把手缩回去。

就这样，在他们目送了几艘汽船远去之后，终于在这次靠近码头的一艘汽船的甲板上找到了榊家夫妇的身影。

"来了！"

两人和往常一样，衣着高雅大方，没有丝毫瑕疵。他们在远处看到德史夫妇后，也没有表现出喜笑颜开的样子，只是冲他们微微点头致意。

"那两个人不管走到哪里都是这个样子啊。"

德史将脸贴在妻子耳边，小声说道。他的语气中含着一点点戏谑的意味。芙祐子笨笨地努起嘴来，默默地责备丈夫。

即便混杂在大块头欧美人的嘈杂人群中，他们的身影也不会被淹没。耀子个子高挑，足有一米七五，但是慎司看起来比她要矮一头。在船上的其他人眼中，或许他们就像从马戏团逃出来的美女驯兽师和小丑。即便从岸上往船上看，这对形成鲜明对比的东方夫妇也格外显眼。他们没有表现出一点慌张的样子，慢条斯理地下了船，走到朋友身边。

"哎呀，让二位久等……"

四人视线交错。再次相会的寒暄湮没在水手的哨声里。

慎司在最前面，走在通往餐厅的小路上。几天前他便打国际电话订了四人的位置。耀子和芙祐子并排走在其后。德史走在最后面。两人简单寒暄了几句，说了些旅途劳顿之类的话，芙祐子便开始说起她个人对这个城市的印象——用那种没有经验的旅行者常用的口吻，有些傲慢，几分批判，却又掩饰不住内心跃动的兴奋。在慎司的带领下，走了大约十分钟，四人来到他预订的那家餐厅。一个胖乎乎的服务生把他们带到院子里的一张餐桌上。上方有一个葡萄架，枝蔓从四处垂下来。"这家餐厅真棒。"耀子用指尖弹了一下葡萄蔓，说道。

四人打开香槟，先干了一杯，然后开始商量今晚的菜单。慎司提出建议，耀子问了一下各人的喜好，最后锁定了几个候选，然后对芙祐子说："芙祐子小姐，你看点哪个？"之所以让芙祐子决定，或许是因为在这张桌子上的四人当中数她年龄最小。因此，她也无法拒绝这个选择权。稍微懂点意大利语的耀子把服务生叫过来，点了餐。然后，服务生陆续将前菜烤扇贝、主菜墨鱼汁意大利面和鸭肉端了上来。最后，两位女士又点了冰淇淋蛋糕。喝完咖啡之后，他们结束了晚餐。

慎司按住小谷夫妇，自己结了账。

四人乘坐汽船，在昏暗的运河上漂流。吹过甲板的风，有一种干药草的味道。在运河沿岸白色街灯的照射下，高贵典雅的建筑群沉默不言，为餐后的时光增添了几分惬意。

他们下了船，沿着通往酒店的沿海路往回走。海浪超过水位线，无声无息地冲了上来，打湿了耀子的凉鞋。

"真讨厌，海水竟然冲到了这里……"

她就像摇铃铛似的，微微晃了晃被海水弄湿的脚尖，回头笑了。

"明天怎么安排？"

芙祐子躺在大床的左侧，问德史。他们在这个整洁干净的小房间里，像往常一样按照固定的程序草草地做了爱，然后伸开慵懒的四肢，胡乱躺在床上。

"慎司先生会给我们做向导吧。"

"全都交给人家，这样合适吗？"

"嗯，现在就是这个情况啊……"

"那我们要再去一次圣马可大教堂吗？"

"你要是不想去的话，我们找个地方喝喝茶也行啊。"

"什么呀，正好相反。我想再去一次。那里很漂亮啊。"

"那就去吧。"

原本趴在床上的德史坐起身来，将枕头放回原来的位置，仰面躺下。

"午饭怎么办？晚饭呢？"

"都要一起吃吧。"

"还像今天这样让人家请客，多不好啊。"

"那不会了，明天我们请。"

"是啊，那当然……可是，我们要一直跟他们在一起待到晚上吗？"

"那是自然啦。"

"直到回去，每天都……"

"是啊，谁知道呢。"

"看他们的安排了。"

"是这样。"

"我是没有意见啦。还给我们订了这么好的酒店……喂，你说，他们俩现在会不会跟我们一样，也在……"

芙祐子趴在德史的身上，凑近他的脸。他五官匀称，肌肉结实，完全看不出已经三十好几了，迷人的眼角总是对她表现出温暖的诚意。德史捏了捏她柔软的脸颊，把她逗笑了。

稍许，短暂的沉默之后，两人都倦意袭来，蜷起身子睡着了。

第二天早晨，两对夫妇在一楼的餐厅见面。

昨天刚刚抵达的榊家夫妇先行一步来到这里，坐在窗边的座位上。耀子穿着一件立领笔挺且有质感的白色衬衣，身上没有戴任何饰品。敞开的胸口在朝阳的照耀下显得光润妩媚。坐在对面的丈夫慎司也打扮得干净利落。他穿着一件白色的网球衫，白色的裤子，连袜子也都是白色的。简直就像一直等待的有缘人。芙祐子在看到他们第一眼的时候便这样想道。在她的眼中，这两人一点都不着急，那么从容自然，只是在优雅地等待着……

"早安！"

芙祐子打了声招呼，耀子发现了她。慎司也回过头来，脸上浮现出微笑。看到这对优雅的夫妇这么亲切和蔼地看着自己，芙祐子便得意起来，一大早就心情大好。她走过去站在桌子旁边，耀子立即用一种逗小孩子的口吻说道：

"哎，真被你昨天说着了。一大早就这么热，接下来可怎么办啊。"

"就是啊！昨天一天也是这样。白天真是太热了。如果中间不停下来休息两三次，真有可能晕倒在路边。对吧？"

芙祐子抬头征询丈夫的意见。但是，德史却眼巴巴地看着取餐台，似乎等不及了。他肚子饿了。芙祐子马上明白了，用身体推了一下他，让他去取餐，自己在榊家夫妇旁边坐了下来。

"昨天一天吃了四个冰淇淋。我真的受不了热。"

"哎呀，我倒是很喜欢炎热的天气，也不讨厌潮湿。"

"不讨厌出汗吗？"

"也倒不讨厌。因为皮肤不会干燥啊。"

"耀子夫人，您的皮肤真是太好了……"

"因为我喜欢潮湿啊。"

耀子笑道。坐在对面的慎司也笑了起来，就像伴奏似的。

"慎司先生，您呢？耐热吗？"

"哎呀，我不行，我更喜欢冬天。天气冷的话，多穿点衣服就行了，可是热的话，不能随便在什么地方都脱衣服。我可是真受不了炎热的天气。"

"您说得太对了。冬天的话，我倒是能忍耐过去……"

三人闲聊的时候，德史已经端着盛满食物的盘子，挺直了腰板，迈着有力的大步朝这边走来。阳光明媚的表情，跟他那衬衫的蓝色一样灿烂。芙祐子看到他的样子，越发得意起来，恨不得马上扑进丈夫怀里。等德史落座，她说了一句"等服务员过来给我点一杯咖啡"，离开了桌子。

芙祐子与一个跟自己差不多高的欧洲少年并排站在取餐台前。少年长着一头美丽的金发，一双晶莹剔透的蓝眼睛。他一点点地朝旁边移动，紧紧地盯着餐台上的各种食物。切片面包、巧克力夹心大羊角面包、奶酪、果酱和黄油、火腿、香肠、烧蘑菇、煎蛋、炒蛋、带皮的新鲜水果……现在，他在一个透明的大钵前停了下来。球形的莫扎里拉奶酪和圣女果漂浮在乳白色的液体上。他笨拙地拿起形状像蝌蚪一样的银色汤匙，从钵中捞出白色和红色的小球，盛到另外一只手上的盘子里。正如芙祐子所料，他失败了。乳白色的液体从扁平的盘子中洒出来，弄脏了粉红色的地毯。少年突然抬起头来，看着站在那里的芙祐子。——被人看见了。从头到尾都被人看见了。少年的皮肤眼看着涨红起来。少年脸上表现出来的表情既不是不好意思也不是惊慌失措。他是生气了。弄洒了呢，芙祐子突然冲他微笑了一下。但是，他却狠狠地瞪着她，简直就像是在说："这么丢脸，都怪你！"一个好像是他母亲的女人

11

走过来，用一种芙祐子听不甚懂的语言说了些什么，然后指着地毯上的污渍，大声笑了起来。笑过之后，她夺过儿子手中的盘子，夹起很多食物将盘子的剩余部分盛得满满的，然后快步回到座位上。儿子也跟在她后面离开了。

这对母子离开之后，芙祐子终于可以取餐了。但是，她的食欲已经明显减退。最后，她只用盘子盛了一汤匙炒蛋和一片薄薄的火腿。原本还想吃点什锦水果，但这时看到另外一个孩子像一颗白色手榴弹一样从房间的角落里冲了过来，便放弃了。回到餐桌上，咖啡还没有端上来。

耀子看着只盛了一点食物的盘子，问道：

"芙祐子，你就吃这么点儿？"

"没什么食欲……"

"是不是有些没精神？"

"哎？"

"其实，昨天在餐厅吃饭的时候，我就觉得你身体可能有些不舒服。"

"不，没有啦。我昨天和今天精神都很好啊。"

"是嘛……"

芙祐子见耀子用那种眼神盯着自己，突然对自己的观点没有信心了。

"只是……是呢，如果非要说哪儿不舒服的话，可能是……昨天吃得太多，今天早晨有些胃胀……"

"是吗？可是昨天呢？我们聊天来着，还是……"

"昨天、昨天吗？嗯，是啊……为什么呢……可是，我还是觉得自己和以前没什么不一样……"

"不用太顾虑我们，别太勉强自己。"

耀子涂着淡淡的珊瑚色口红的唇间稍微露出正方形的门牙，做出一副完美的笑脸。芙祐子看得入了神。过了一段时间，耀子突然低下头，开始翻看意大利文报纸。

芙祐子想问一下上面写了什么，却没有问出口。默默吃东西的德史慢慢地站起来，又走向了取餐台。刚才那个洒了汤汁的少年不长记性，又站在了那个钵前。但是，德史根本无视他，因为他实在太饿了。

芙祐子终于拿起沉甸甸的银色叉子。就在这个瞬间，正在翻看英文报纸的慎司幽默地说道："Buon appetito."①芙祐子努力做出一副笑脸，只用叉子取了一点炒蛋放进嘴里。鸡蛋没有味道。她从桌边的架子上拿起盐罐，使劲摇晃。德史的脸上再次浮现出同样的喜悦，端着盛满食物的盘子回来了。芙祐子看着丈夫默默吃饭的样子，也终于恢复了食欲，决定吃点水果补充体力，回过头去看了一下取餐台，发现刚才的那个少年正气势汹汹地站在什锦水果的餐钵前等她过来。

终于端上来的咖啡已经不热了，有一种酸酸的味道。

四个人一起离开餐桌，各自回了自己的房间。他们相

---

① 意大利语，"好好吃"、"祝你胃口大开"之意。

约一小时后在大厅集合。

"我被人说没精神了……"

芙祐子刷完牙之后，盯着卧室里镜台中的自己小声说道。德史躺在床上，他的下半身也同时映照在镜子当中。那么，他的上半身在做什么呢？他将两只胳膊抱在一起垫在脑后，双眼微闭。衬衣下面的腹部是平坦的。他就这样独自听着自己消化食物的声音。

"喂，阿德，耀子夫人说我没精神，你听到了吗？"

"啊？"

"耀子夫人说昨天吃饭的时候就看出我没精神了……"

"哪有的事啊。"

"我也说嘛！"

丈夫的回答给她带来了勇气。因为事实的确如此。自从这次旅行开始之后，她还从来没有感觉乏力。

"我和平常一样啊。一直都是这样，可是……难道耀子夫人以为我平常活力四射吗？"

"这……可能在餐厅里面和外面看起来感觉会不一样吧。"

"嗯，阿德你也一样……"

德史突然感到胃部不舒服。他低声呻吟了一声，侧过身去，感到一股黏糊糊的东西朝着身体下部的另一个侧面移动过去。

"可是，她如果感觉我没精神，当时跟我说不就好了……过后才跟我说，我都不知道怎么回答……因为不管我怎么说，都好像是在为自己辩解，感觉有些尴尬呢。"

　　"人家没什么特别的意思。别在意。"

　　"是啊，没有必要在意吧？"

　　"嗯嗯，没必要。"

　　"阿德，你穿那件蓝衬衫真帅。"

　　"差不多该走了吧？"

　　"嗯，走吧！"

　　他们故意碰触着对方的身体，打打闹闹地走出房间。到了一层大厅，他们发现榊家夫妇已经坐在沙发上等候了。夫人戴着一顶帽檐宽阔的帽子和一副大大的太阳镜。

　　四人将房间的钥匙寄存在前台，走出了酒店。

　　外面晴空万里。翡翠色的大海在闪耀。

　　在小城中漫步的人们的胳膊和双腿曝晒在灼人肌肤的阳光下。四人分成两列走在沿海的大路上。窄窄的运河上有几座拱桥，过了几座拱桥，就看到一座很热闹的桥，很多游客站在桥上举起了相机。

　　"从那座桥上能看到叹息桥！"

　　芙祐子跑向榊家夫妇告诉他们。四人爬上拱桥的台阶。人们都挤向与大海的方向相反的那一侧，将大大小小的相机对准前面一座像连廊一样的桥。但是，耀子和慎司都没有停下脚步，只是看了一眼，就匆匆忙忙地走下台阶。"我们昨天早晨第一次从这里经过的时候，特意照了相呢……"芙祐子稍微感到有些遗憾。

下了桥走了一会，来到总督府的入口。他们买了票走了进去。内院的中间位置有一口井，四周有威严肃重的柱子，里面十分凉爽。

"这儿真好，很凉快……"

耀子拿着一张从接待处拿来的地图往脸上扇着风，对丈夫说道。

"嗯，才走了这么一点路就出了这么多汗。我们在这里凉快凉快吧。"

四人跟着人流登上石阶，从走廊里的那些像是从墙壁上抠出来的窗子里眺望外面的景色，或者盯着装饰开放的房间的大型绘画。

刚进去的时候，事先读过旅游指南的慎司自言自语地小声说着"拜占庭风格的……"、"丁托列托风格的……"之类的话，但是不久之后这种声音也淹没在游客的喧闹声中，听不见了。一开始那些像豆粒弹起时的声音一样清脆且有活力的人声，不知何时就像煮烂的豆子一样失却了原样，糊成一团并开始发黏，从外部将四个人的沉默裹得严严实实。装饰在那里的绘画肯定都是出自西方绘画的巨匠之手，但是站在这些绘画前面的这四个人的沉默却并非出于感动，而是因为没有感动。他们对这个宫殿不感兴趣。

四个人像护卫队一样跟在那些驻足仔细欣赏室内的摆设和墙上的绘画作品的游客后面，脸上保持着一种职业性的严肃，等着移动到下一个房间。每当他们走进一个新房间，心中便会想："和刚才那个房间完全一样嘛。"但是谁都没将这句话说出口。只有芙祐子偶尔忍不住打破沉默。出于千里迢迢从日本赶来的一介游客的责任感，芙祐子会忍不住发出一些诸如"呀"或"哇"之类的声音，并用手指着自己看到的东西。每当此时，另外三个人当中的一个便会看着她的眼睛，温柔地冲她微笑，就像是在劝阻一个天真无邪的孩子，让她不要那么调皮。他们就像这样穿过了好几个富丽堂皇的房间。

不久，一行人走到一个狭窄阴凉的走廊里。在狭窄的石墙中间往前走，突然出现一个横跨运河的拱廊，从小小的窗子中可以看到对面的拱廊桥。作为背景的蓝天就像直接从软管里挤出颜料涂抹而成，很多游客举着相机对准这边，眼看着要将那座桥压垮。

"这么说，这个就是叹息桥？"

慎司说道。芙祐子听到除了自己之外终于有人正经开口说话，掩饰不住喜悦的神色，立即回答道：

"啊，真的！那座桥就是我们刚才经过的，对吧？"

"哎，真的！"

芙祐子带着一丝期待，转向耀子。

"可是，上了这座桥，也没觉得有什么特别啊。"

耀子这样说完，便一脸无所谓的样子丢下停下脚步的另外三个人，一个人匆匆过了桥。

桥的对面曾经是监狱。自从进入这个宫殿之后，耀子便有一种窒息的感觉，这时才终于稍微感到一点解脱。她快步穿过这个充满了霉味的建筑物的走廊。很久很久以前，犯人们就是在这里度过了他们的余生。她看到其中一个牢房中放着一团盘起来的白色绳子。旁边供着一个酷似松鼠的雪貂标本，好像是个什么纪念物。耀子走得更快了。她知道和自己一起的另外三个人默默地跟在她的后面。可能的话，她现在想独自离开这个建筑，然后到那个有水井的内院里找个地方坐下，喝点冷饮休息一下。这个豪华的宫殿，越是豪华，就越让耀子感到心情沉重。稍不注意，一种类似于昨天晕船时的恶心感觉就涌了上来。

她终于走出了建筑物。正是她期待的那个凉爽宽敞的内院。青铜水井自然地蹲坐在内院的中央位置，就像一枚图钉，将古时掌权者肆意挥霍的荣华富贵连同宫殿一起钉在无聊的现代。耀子做了一个深呼吸，将屁股轻轻地靠在墙边稍矮一些的地方。这时，另外三人也在离她稍远的地方以同样的姿势坐下来，然后不约而同地打开了各自手中的地图。

慎司看样子高兴得要吹起口哨。

德史就像岸边的河马，慢慢地眨着眼睛。

芙祐子虽然表面上在笑，但是看起来却有些不安。

耀子想到自己今天一天——不，是包含今天在内的五天，都要和这三人一起度过，便开始厌倦起来。太荒唐了。但是，耀子有一个小小的预感，就像鞋底的一颗沙粒。耀子厌倦所有的这一切，当然也包括这个预感在内。这种厌倦在某个瞬间虽然会像启示一样强烈，却不会因为时间的推移而淡化。从今天开始的接下来的五天里，她都要像按时吃大夫开的处方药一样，在每个场合摆出一副一本正经的模样，将这种厌倦压在心底。虽说如此，耀子甚至早就已经料想到自己会在心中小声对自己说："真的不该来。"她早就知道会是这样一个结局。当慎司将这个旅行计划告诉她的时候，她就已经知道了。

　　"我们去威尼斯吧。"一个月前的某个早晨，慎司刚刚出现在餐桌前，便这样说道。
　　"威尼斯？"
　　耀子抓着红茶杯的把手，在杯盘上转着，回答道。这是她的习惯。一口还没喝的红茶已经变凉，失去了茶香，只剩下亮丽的茶色。
　　"你以前不是说过想去吗？"
　　耀子看了丈夫一眼。
　　"三上说可以以代理折扣的价格替我们预订一个面朝大海、干净整洁而且交通便利的酒店。几乎相当于免费呢。"

"哦……"

三上是慎司大学时期的朋友,自己单干,给人做一些旅游的安排或在海外为企业进行宣传活动,为人有些轻浮。慎司知道耀子不怎么喜欢三上,所以也同样沉默了一会儿,观察妻子的脸色。她只是转着红茶的杯子,脸上没有浮现出明确赞成或反对的表情。

"我还邀请了小谷君他们。"

一阵意味深长的沉默过后,慎司说道。耀子吃了一惊,这才抬起头来与丈夫四目相对。

"小谷先生?"

"嗯,就是咖啡馆的小谷君他们。难得三上给我们预订了两个房间……"

"为什么?"

慎司故意做出一副吃惊的样子,默默地嗔怪耀子。这期间耀子自以为已经消除了自己脸上的惊慌神色,但是却还没有完全做好准备,拿出一种完美的程式化态度。

"小谷先生他们……和小谷先生,还有他太太一起去吗?"

"嗯,他们高兴极了。"

"该不会是你非要人家去的吧?"

"不是,我只是说如果他们能一起去的话,我可以为他们准备房间。上次由他们承办的宴会,大家一致好评,因此也算是对他们表示一下感谢……"

"机票怎么办呢？"

"我说由咱们来付，但他们不答应。说机票钱他们自己出。"

"是吗……他们真的打算去吗？这个……不会感觉尴尬吗？"

"他们？还是你啊？"

"……"

"只有你担心啦。小谷太太别提多高兴了。那个女孩真是少有的单纯……据说他们自从蜜月旅行以后就没再去过国外。"

"他们蜜月去了哪里呀？"

"说是夏威夷。"

耀子突然感到一种不快。但是，她也并不想去思考自己为什么会感到不快。至少，现在在丈夫的面前不想。

"你不愿意吗？"

"也不是不愿意……"

"那就这么定了。在出发之前，你去他们的咖啡馆打个招呼。你给人的感觉有点傲慢，去跟他们聊一聊，让他们知道你其实不是那样的。"

日子过得飞快。出发的几天前，耀子按照丈夫的吩咐去了小谷夫妇的咖啡馆，发现门上贴着一张写着"暂停营业八天"的告示。正在洗东西的芙祐子见她推门进来，脸上一下子浮现出灿烂的笑容。那是人们看到比自己更加优秀的人时，条件反射似的表现出的一种人类特有的自然光彩，天真无邪，坦率真诚。

"耀子夫人！"

耀子鄙视任何自我陶醉的情感，包括自己也包括别人。但是，当她看到这种表情的时候，仍然感觉有些不好意思且不由得高兴起来。她微笑着说了一声"你好"，芙祐子慌忙擦了擦手，叫了一声里面的丈夫。

这是耀子第二次同时见到这对夫妇。第一次是在慎司着手的新事业的开业酒会上。几年前，慎司从一家外资咨询公司独立起家，自称"空间设计师"，致力于活动策划和特种照明设备的销售工作。对于在地方城市的医生世家长大的耀子来说，丈夫的这种工作绝不是什么正经生意。他最近在一个远离市中心的落后地区买下了一幢马上就要破产的低层大楼，重新装修后，租给那些厌倦了创作的孤独、希望与社会稍微有些联系的艺术家、作家和设计师。宴会盛况空前。慎司将宴会上需要的一些简单饭菜和咖啡委托给他最近经常光顾的一家咖啡馆的老板小谷夫妇。他的决定是正确的。德史长着一副游泳运动员的体格，而且眉眼清秀，魅力非凡，是那种能让女人为之心动的男青年。芙祐子则以她的那张亲切的笑脸以及稍微有些毛躁的言行，治愈了客人的心。宴会上，迎面走来的一个熟悉的女策展人贴在耀子的耳边，小声说道："那个胖乎乎的女孩，像个布娃娃似的，真可爱。她是谁啊？该不会跟旁边的那个他是夫妻吧？"——声音中有一种挖苦的意味。

"阿德，快点！"

芙祐子又朝柜台里面喊了一声。

德史歪着头一脸疑惑地从里面走出来，转向这边的时候，耀子敏感地发现他的脸上掠过一丝紧张的神色。但是，持续的时间非常短暂。耀子微笑着说道：

"听说我丈夫提出和二位一起去旅行……"

德史站在芙祐子的旁边，盯着芙祐子的下颌。

"是的！"

芙祐子探出身子，涨红了脸替丈夫回答道。

"那个，能住进威尼斯那么高级的酒店，我们都快高兴死了，也没顾得上客气就答应了慎司先生……我们，其实是我说的，非常想去……而且这种机会可能不会再有第二次……我们真的可以一起去吗？"

"当然啦。就我和我先生两个人去的话，也没什么意思。你们能去，我很高兴。"

"谢谢！我们一定注意不给你们添麻烦。"

"哪有啊，不会的。可是，你们千万不要太客气。我们就当是朋友一起去旅行，不要在意我先生。"

芙祐子的眼中再次浮现出刚才耀子走进来时的那种光彩。看到这种天真烂漫的光彩，耀子也不由得浮现出微笑。耀子保持着这种微笑，偷偷地看了一眼德史。他穿着一件格子短袖衬衣，系着一个印着咖啡馆标记的围裙，站在柜台后面。他虽然没有像旁边的妻子那样喜形于色，但是耀子至少可以确定，他的脸上也没有表现出自己所担心的那种抵触或者冷笑的神色。

"德史先生也请……"

这是她第一次在他本人面前叫他的名字。德史点了点头，原本微笑的脸上涂上了一层更具有应酬性的生意人的和蔼。耀子感受到不在场的丈夫的视线。"如您所愿！"她在心里自言自语。

然而，临近出发的时候，慎司有一桩生意无论如何也推不掉，榊家夫妇决定推迟一天出发。时间上的这一点偏差，让耀子在去程的飞机中犹豫起来。

"喂，我还是觉得与他们一起旅行很奇怪。不如我们干脆就此单独行动吧……"

耀子对坐在通道对面的单人座位上兴致勃勃地打游戏的丈夫说道。帘子那边传来婴儿的哭声。高个子的红发乘务员走了过来，给想要冰淇淋的乘客发放冰淇淋。走到这对夫妇的座位附近时，她面带歉意地耸了耸肩。慎司微微咂了一下嘴，接过最后一个冰淇淋，用塑料勺子吃了起来。

"喂，他们……"

"你明明知道。"

丈夫那双微笑的眸子里，洋溢着一种让人难以直视的热切期待。

两人陷入了沉默，慎司很快吃完了杯子里的冰淇淋，然后用舌头舔着残留在勺子上的白色奶油，再次拿起游戏手柄。客舱乘务员回来，在耀子的桌子上铺上餐巾，将冰淇淋和勺子放在上面。耀子默默地吃了起来。在舌尖上融化的浓浓的香草冰淇淋让她的身体迅速冷却下来。吃了三口之后，她放下勺子，将两张叠在一起的毛毯拽到喉咙的位置，闭上眼睛。——这时她便已经料到，接下来在异国的几天时间里，自己将要在这种凄冷空虚的后悔中度过。

　　现在，耀子置身于这个庞大的宫殿中，坐在凉爽的庭院的一角，感觉冰凉的香草冰淇淋再一次让自己的身体变冷。她感到了一股寒气。

　　"走吧。"

　　她转身站起来，另外三人同时将视线从地图上转开，抬起头来，脸上浮现出几乎完全一样的笑容，就像是在迎合一个任性的孩子，站起身来。

　　"接下来是去旁边的圣马可教堂吧。"

　　芙祐子翻了一下旅游指南，说道。耀子发现她的声音有些装模作样，不似平常的她，却也没有说什么。

　　走到外面的时候，他们发现教堂前面已经排了一个长长的队。

　　他们排了三十分钟队，走进教堂看了一圈。

上午游览结束之后，四人走进一条后巷，开始寻找中午吃饭的餐馆。

德史有一个想去的地方。那就是昨天他和芙祐子随意走进的一家餐馆。他们在那里只喝了一杯白葡萄酒，吃了海鲜意大利面。但是，德史其实原本想吃旁边那桌欧美人吃的海鲜拼盘。在服务员面前，他不好意思用手指向旁边餐桌说"要一份跟那个一样的"。但是，今天他们是四个人，而且耀子会一点意大利语。点个海鲜拼盘，对于她来说应该很容易。德史心里这样想着，若无其事地将另外三个人引导至他所期待的那家餐馆。

一会儿，果然如他所愿，芙祐子发现了他的心思。

"阿德，我们昨天去的那家餐馆，就是这附近吧。"

"啊，好像就在这附近。"

"那里还不错，对吧？"

"你们知道那家餐馆？"

耀子回过头来，问道。

"嗯，我们昨天随便走进的一家餐馆。特别好吃。简直都想再去一次。"

"是吗？那我们去那里不就好了？"

芙祐子突然偷偷看了一眼丈夫的表情。她虽然知道耀子并没有恶意，但是她稍微有点担心她这种盛气凌人的说话方式可能会让他感到不舒服。但是，德史的脸色却没有任何变化。反而像是卸下了一副重担，微笑着说道："那

26

么，可以的话……"

"太好了。那里的菜很好吃，我真的想再去一次来着。"

这是芙祐子的真心话。这句没有任何夸张的真心话，在那个场合却显得有点不自然。她自己说完之后也发觉了这一点，感到有些狼狈。其实，芙祐子是真的喜欢吃海鲜意大利面。她非常喜欢散发着大海味道的食物。

他们跟在德史的后面，朝那家餐馆走去。来到餐馆前面，昨天的那个年轻男服务员出来迎接他们。德史和芙祐子一眼就认出了他，但是他却无法区分东方人的面孔。他将四人带到从窗边数第二排的一张桌子上。这里人声鼎沸，让人难以平静。左边桌子上的欧美一家人正在默默地剥虾，右边桌子上坐着两个穿着一身黑衣的韩国女人。她们一边喝巴黎水一边笑，说话时语调激烈，就像在吵架一样。

坏了，她肯定不喜欢这张桌子！——芙祐子提心吊胆地侧目瞧了一眼旁边耀子的表情。耀子感觉到她的视线，隔着太阳镜亲切地冲她微微一笑，似乎在说："没关系！"

"开胃小菜点个海鲜拼盘吧。"

德史看完菜单，说道。慎司立即表示同意。除此之外，他们还想吃比萨、意大利面和鱼。耀子纤细的食指就像是速记员的钢笔一样在菜单上滑动，听着他们的意见。

"芙祐子，你想吃什么？"

听德史这么问，芙祐子马上回答"海鲜意大利面"。

"昨天中午不是吃过了吗？"

"好吃啊，所以想再吃一次。"

"好不容易来这里，吃点别的吧。"

"芙祐子想吃就让她吃吧。"

耀子为她打圆场。食指依然在菜单上迅速滑动。

"对啊，我想吃就吃啊。我要吃海鲜意大利面。"

耀子回过头去看了一眼，服务员走了过来。耀子说的意大利语像外国人一样粗鲁，与她的外貌完全不符，缺乏应有的优雅。但是，服务员却弯着腰，用缓慢的语调重复着这位 Signora① 点的菜名。

服务员离开之后，芙祐子语气中含着崇拜，说道：

"耀子夫人点菜，他就那么和蔼。昨天我们点菜的时候，服务员的态度一点都不好。简直判若两人。"

是态度的问题吧？——德史说道。

"谁的态度？"

"顾客的态度啊。我们是第一次来，一副提心吊胆的样子，所以服务员也就只能那样对我们了。"

"是啊，要是我们像耀子夫人这么气宇轩昂，他们的态度也就不一样啦。日本人本来看起来就显小……在他们眼中，我们肯定就跟童子军里的孩子们似的。瞧，我今天还

①　意大利语，夫人、太太。

戴了这样一条围巾……"

芙祐子扯了扯围在脖子上的那条水珠花纹的围巾。原本这种招人喜欢的动作，在这种状况下让他们感到有些难堪，甚至不由得转开视线。

"不会的。"

耀子摘下太阳镜笑道。镜框紧贴的眼角内侧微微变红，仅仅因为这个缘故，便让她的脸庞看起来与平常的完美相去甚远。

"我不是有气度，只是装作有气度而已。"

"她可是个演员呢。"

慎司微笑着说道：

"这个'装'可不简单哦。在我这种胆小的人看来。"

"可是在我看来，慎司先生您也总是很有气度啊。"

芙祐子再次发现自己的这句话从根本上缺乏与这两人的优雅身份相符的幽默与机智，假装咳嗽起来。

"噎着了？"

耀子伸过手来轻轻地敲打芙祐子的后背。芙祐子稍微松了一口气。

很快，白葡萄酒端了上来。接着，德史焦急等待的海鲜拼盘也端了上来。四人当中没有一个人能说出拼盘中的海鲜的学名，就像上午他们在宫殿中看到的那些巨匠的画作一样……但是，这些都无所谓。四个人开始享用白葡萄酒，同时品尝盘子里的那些海鲜。他们或者擦一下被食物弄脏的手指，或者将吃剩下的空壳堆到盘子边，各自专注于自己的手头。

"你们是来旅游的吗？"

突然传来一个闯入者的声音，四人同时抬起头来。

刚才那家剥虾的欧美人旁边的那张餐桌上，现在坐着一个半老的日本男人。他脸上浮现出和蔼的微笑，黝黑的双手交叉放在桌子上，一副悠然自得的样子。

"对。"

坐在旁边的慎司回答。芙祐子没有看丈夫的脸色，而是先看了一眼耀子的表情。

"几位是朋友？"

男人翻起手掌，没有直接指向四人。

"嗯，是的。"

回答他的是耀子。她对这个陌生的闯入者报以和蔼的微笑，却并未露出一口白牙。

"我和妻子、女儿一起来的。我有三个正值青春的女儿。"

"哟……"

耀子伸长脖子搜寻他妻子和女儿的身影，男人却制止了她。

"现在我们分头行动。她们一会儿到这边买东西，一会儿又要到那边吃意大利冰淇淋，让我这个老头子实在喘不过气来。现在她们四个正玩得高兴呢。"

"那您是一个人在这里？"

耀子将叉子放在盘子上，看样子似乎准备积极地与这个男人聊天。芙祐子感到意外。她看了丈夫一眼，发现他用湿漉漉的手指夹着一个贝壳，脸上表现出一种让人难以捉摸的困惑。

"嗯，至少午饭的时候，我想一个人慢慢品味。这里我已经是第三次啊，哎，不，应该是第四次了，轻车熟路。几位呢？"

"我是第一次。"慎司微笑着说道，"他俩比我们早一天到这里。是他们告诉我们的。"

然后，他用视线指了一下"他们"。

"您经常来这家店吗？"

"嗯，每次来威尼斯都会来。味道虽然不算特别好，但是价格很实惠。"

"哎呀，是吗？但是，这个小菜很好吃啊。"

男人听了耀子的话，打了一个响指。

"啊，那是这家店的招牌菜。你们真会点。但是，这些海鲜基本上都不是这一带的产品，大多是从北海或者东南亚进口的。不过，味道倒是没有什么太大的不同。"

他的凳子已经开始转向四人的桌子了。

离那个男人最远的芙祐子完全没有像榊家夫妇那样表现出友善的态度。对方这种一点也不见外的样子让她觉得恼火。先不说耀子和慎司，即便是德史，原本应该也是讨

31

厌这种装腔作势的知道分子的，但是他的脸上却浮现出暧昧的微笑，用膝盖上的餐巾擦了擦弄脏的手指，试图尽量给这个闯入者留下一个干净的印象。芙祐子故意发出粗鲁的声音剥着虾壳，但是没有人注意到她这种细微的反抗。

"若非打扰，不知可否与几位一起坐？"

芙祐子吃惊地抬起头来。这时男人已经不由分说地将自己的桌子靠了过来，加入了他们当中。另外三个人微笑着默许。

也没人问，男人便自顾自地说起了自家杂货店的事。他说自己的杂货店不仅卖一些厨房用品和服饰杂货，而且他还准备扩大经营范围，卖意大利制造的家具。主要是慎司应付他。话题稍微中断时，慎司便马上开始介绍自己的工作，顺便也得意洋洋地讲起小谷夫妇经营的咖啡馆，那里的咖啡多么好喝，今年有好几次登上了杂志，甚至还有一本杂志将其列为东京最具代表性的咖啡馆之一……然后，介绍妻子耀子的时候，他说她是地方上一个医生世家的千金，上大学的时候曾当选为校园小姐。他说这些的时候稍微有些自虐情绪，同时又能给人留下深刻的印象。

刚结婚的时候，耀子便非常讨厌丈夫的这一点，觉得这样很粗俗。但是，即便是在这种时候，她的脸上也始终挂着一抹浅浅的微笑，随声附和几句。当被对方问及一些无聊的问题时，她也会简短地娇声作答。——因为，这是她在这种场合下应该做的。耀子觉得自己不管在什么时候都应该随机应变。因此，在大部分状况下，她都与那种个人的痛苦与屈辱毫不相干。

另一方面，芙祐子在吃饭的时候一直默不作声，也不掩饰自己不高兴的表情。这人脸皮怎么这么厚啊。——每当男人做作地发笑时，芙祐子就抬起头来瞪他一眼，却没有被发现。吃完饭后甜点，喝了咖啡之后，芙祐子看到男人终于看了一眼自己的手表，说着"和女儿们约好了……"从凳子上站起来的时候，真的有一种解放的感觉。因为她刚才一直害怕自己可能与这个闯入者共度半天，心情糟糕透了。

"芙祐子，对不起啊。"

耀子看着男人走出餐馆后，说道：

"我知道你不喜欢他，可是又不能随便把他赶走……"

"对不起，这家伙在这种时候从来不会掩饰自己的不高兴……"

德史虽然嘴上这样说，却明显是在拿妻子的态度寻开心。

"对啊，我刚才在想，那人的脸皮怎么就那么厚呢。"

听到芙祐子说话这么直接，大家都笑了起来。

"哎，我可真是服了。原本以为是随便聊几句的，却没想到一直陪他聊到最后。可能是因为你表现得太亲切，他心情好吧。"

慎司用一种指责的口吻指向妻子，听起来就像是在开玩笑。"你也是一脸热烈欢迎的样子啊。"耀子反唇相讥。

"但是，芙祐子的态度稍微有点太明显了吧？"

"哪里，芙祐子只是太老实了。"

"在服务行业干了这么长时间，还是有点不成熟啊。"

德史征询榊家夫妇的同意。虽然知道丈夫是在跟自己开玩笑，但是芙祐子仍然受不了丈夫的那种口气，生起气来，感觉自己无法就这样沉默下去。

"对啊。对不起，这种时候我就是这种态度。阿德，你该不会是现在才发现吧？"

"可是，你的反应稍微有点过头啊。"

"一点也不过头。我平常就是这样的。对啊，要是工作的话，不管对方怎么样，不管是对谁，我都能笑脸相迎，可是平常我才不管呢……像那种厚脸皮又没礼貌的人，谁要给他好脸色啊。"

"芙祐子，你是最正确的。"

耀子紧紧地盯着芙祐子说道。同时，德史咧嘴笑了起来。耀子那种庇护者的眼神让芙祐子在心底涌起一股小小的喜悦，但是她却拼命地掩饰，垂下视线。

"说话的时候，我也不怎么高兴。如果大家都像芙祐子这样，我们就能轻松愉快地吃顿饭了。我们三个都是伪善者。真的，这最讨厌了。"

我们三个——这句话比丈夫的态度更让芙祐子伤心。她偷偷地看了一眼丈夫，就像被开水烫伤的手指想要马上寻找冰块。她似乎已经对这个对话失去了兴趣，眼睛看着挂在窗外的鱼形气球。

"而且，我觉得……在真正重要的时候，芙祐子肯定是那种会对谁都好的人，像我们这种人反而……"

"不，不是啦。可能是因为你们都是大人，只有我是个孩子，仅此而已啦。"

下一个瞬间，一个身材高大的女服务员端的盘子掉在了地上，发出巨大的声响。对话就此中断。地板上一片狼藉。摔在地上的肯定是这家餐馆的招牌菜——海鲜拼盘。现在已经分别进入四人的胃里开始消化的同样的各种虾、白色鱼片以及贝类，与绿叶蔬菜一起飞溅到地板上，撒了一地。这幅情景让在店里看到地板的所有人以各自的母语想到"毁灭"这个单词。

厨房里传来了怒吼声。女服务员蹲在地上哭了起来。

离开餐馆之后过了一会儿，芙祐子想起撒落在地上的海鲜和女服务员那张哭丧的脸庞，心情低落。虽然芙祐子的心情波动很大，但是她也逐渐开始明白自己心情低落的原因并非是那个女服务员的失态。让芙祐子陷入忧郁的真正原因是她本人的失态。虽然她难以接受，但是事实的确如此。自己的本性原来如此。在丈夫的咖啡馆中对每一个顾客笑脸相迎，装作可爱的样子，但是离开那里之后，便可以像这样毫不在乎地冷眼对待那些与自己没有任何利害关系的人……太伪善了……这就是我……他们是不是对我失望了呢？

只是，另一方面，芙祐子也觉得不可思议。

如果当时只有自己，自己也会表现出那种态度吗？即便是在耀子夫人所说的那种"真正重要的时候"？——答案当然是否定的。芙祐子很容易想象出自己的样子。自己肯定会像在咖啡馆中那样面带微笑，做出一副可爱的模样，紧紧地盯着对方的眼睛，用心倾听那位老人的话语，在关键时刻说一些鼓励的话。她怕自己给人留下不好的印象，尤其怕给那种分别之后可能再也不会见面的陌生人留下不好的印象。但是，在丈夫和榊家夫妇面前，她却忍不住表现出完全相反的态度。她想让他们知道自己不只有天真烂漫的一面，同时也有坏的一面。到底哪一面才是真正的自己呢？这样的自我反省虽然陈腐而又幼稚，肯定会被人嘲笑，但是她却仍旧忍不住不断地这样问自己。她想要一个答案，想尽量准确地知道自己到底是一个什么样的人。这样的话，自己就能活得更轻松一些。如果有一个万变不离其宗的标准，自己便不用再依靠根本靠不住的感情去作出判断，一切都会变得容易。——对，耀子夫人好像就有那样一个标准。不仅耀子夫人如此，他们夫妻两个都是那样。不论在什么时候，他们都是那样从容，绝不会紧张。不管走到哪里，那里似乎都属于他们。他们在属于自己的地方，总是那样舒心……怎样才能变得像他们那样呢？

　　两家原本相识不久，不过是平常的咖啡店店主与顾客之间的关系。芙祐子夫妻也不会带来任何好处，榊家夫妇却爽快地将他们夫妇二人带到国外来旅游。芙祐子打心眼里羡慕榊家夫妇的大度与轻松。想到这里，她又不由自主地想到了自己的丈夫。——阿德，他完全接受了那对夫妇的好意，一点都不客气。在他的眼中，这对夫妻是什么形象呢？他会不会多少有些羡慕，或者像我这样有时也会变得低声下气呢？……不，不会的。他肯定什么都没有想。他招人爱。仅此一点，他便有权完全接受别人的善意。他爱的人是我。可是，即便是这一点，其实或许也存在着不确定性。如果有一个比我更爱他的人出现，他可能会毫不犹豫地完全接受那个人的爱，成为属于别人的东西。我每天都不过是在努力地为自己争取时间，延迟那个人接近他的时间。明天或者甚至是在一个小时后，他都有可能从我面前消失。我绝对、绝对不敢保证这种异常事态不会发生。

　　芙祐子突然陷入不安，立马想牵住丈夫的手。

　　但是，他的手却离得很远。

　　他手中拿着一本旅游指南书和刚刚在一个货摊买的巴拿马帽。

　　四人闲逛了一会儿，决定乘坐贡多拉游船。提出建议的是慎司。

"虽说有些俗，可是我们好不容易都来了，还是坐一下吧。"

"你想坐吗？这个要讲价才行，这不是凑上去被人坑嘛。"

耀子将手放在眼镜腿上，微调整了一下位置。风从不同的角度吹到两眼之间，让她笔挺的鼻梁产生了一丝快感。

"这座岛就靠旅游产业支撑。你不让人家坑一点，整座岛就会沉没的。"

"如果这座岛会沉没，肯定是因为他们从游客那里抢来的钱太多了。我们在这里花的钱越多，这座岛就会越沉。"

"行了吧你。你去砍价。你去的话，他们可能会给我们很多优惠。"

耀子在丈夫的推搡下，一脸不情愿地朝那些穿着横纹衬衣的贡多拉船夫走去。船夫们马上对她表示欢迎，冲她微笑，几个人同时为她解释游船的服务内容。

慎司看着妻子的背影，兴奋得起了一身鸡皮疙瘩。只要看到别的男人垂涎自己的妻子，他便感到无比幸福。他想象着妻子赤身裸体被那些肌肉发达的外国男人侵犯时的情景。他非常喜欢这样，在光天化日之下，一边面带和蔼的微笑，一边进行这种龌龊的想象。

"耀子夫人一个人能行吗？"

芙祐子担心地说道。

慎司盯着眼前这个与情色欲望相去甚远的小个子女人，再次感到不可思议。这个世界上有很多女人，虽然身上每个部件都算不上漂亮，但是整体上却弥漫着一种吸引异性的气息。但这个女人却正好相反。她身上的每个部件都并不太差，但整体上却令人难以接受。只有那能够显露出厚厚的脂肪的白嫩肌肤让她多少显得有些与众不同。但是，那些没有特点的每个部位完全埋没在大量的凹凸中。远远看去，就像一个穿着衣服的单调的雪人。

慎司觉得她可怜，对她表达出一种发自真心的怜悯。

"没关系，她有办法。"

"可是，耀子夫人……"

"这种事她拿手。"

"什么事都让你们做，真不好意思。可是，我一句英语也不会讲，他也是……"

芙祐子侧目看了一眼稍远处的丈夫。他正在摆弄刚买来的那顶巴拿马帽，翻过来翻过去，或者踢一下脚下的小石块，偶尔抬头看一下和那些男人交涉的耀子。

"阿德，你倒是也帮着做点什么啊。"

芙祐子对丈夫说道。

"如果咱们跟耀子夫人走散了，饭都吃不了。"

"怎么会啊。"

德史将巴拿马帽翻到正面，戴在头上，笑着说道。芙祐子看到他脸上的笑容，瞬间怦然心动，就像远方的向日葵田传来花开的声音，从田地的一端一点点开始绽放。德史走过来问道：

"你想说什么？"

"我是想说，我们什么事都靠人家耀子夫人，不好意思。哎，我要是再多学一点就好了。语言不通，真累。"

"芙祐子，这是什么话啊。语言不通也没有关系，这就是海外游的好处啊。在这里，没有人会对我们怀有期待。他们觉得我们听不懂是理所当然的。这样心里就轻松很多啊……我就喜欢这样。"

"不是啊。人家都觉得会说英语是理所当然的啦。我可不想在国外看人一脸失望的样子。"

"但是你不觉得这里的人脸上表现出失望，就像是在演戏吗？"

"哪有啊。"

慎司面带微笑，听着两人说话，脑海中却想象着妻子发出兴奋的尖叫。她脸上泛起红晕，额头、腋下，甚至连胸部往下的身体的曲线上都渗着汗水，张开的嘴唇流着黏黏的唾液，滴落到喉咙下面，在男人们的肉体中间扭动着身子，忘我地发出淫荡的叫声……

耀子很快从男人们中间脱身出来，回到三人等待的地方。

慎司伸开双手，做出一种滑稽的动作迎接妻子归来。耀子见惯不怪地转向芙祐子，以一种解说的语调说道：

"四个人三十分钟一百欧元，六十分钟一百五十欧元，九十分钟一百八十欧元。他们推荐九十分钟的项目。"

"讲价了吧？"

慎司立即插话。

"当然。一开始说三十分钟一百五十欧元呢。"

"那可真是便宜了不少。"

"芙祐子，你想坐多少分钟的？"

就像这样，从昨天晚餐的时候开始，芙祐子就被大家赋予了一种她从未要求过的特权，凌驾于另外三人之上。

"嗯，我，其实都行……"

"坐多少分钟的套餐呢？我们都可以啊。"

"哦，芙祐子你决定吧。"

"嗯，这个……"

芙祐子被这对夫妇的视线夹在中间，紧张地缩起身子。她想要求助旁边的丈夫，却无济于事。他正在专注地摆弄刚买来的那顶巴拿马帽。

"那我们就取个中间的，六十分钟的……"

"明白了。我们走吧。"

在船夫聚集待客的地方，一个看样子最年长的男人将手指放在嘴边，吹了一声响彻整个亚得里亚海的口哨，叫人过来。然后他说马可马上来。很快，一个高个子光头男人走了过来，将四人带到乘船处。

"长得好壮实啊。他划船的话，肯定稳当。"

耀子目不转睛地盯着马可。马可发现她的视线，报以一个露骨的媚眼。当然，慎司又忍不住想象妻子躺在这个像黑色灵柩的贡多拉船的船板上被这个男人侵犯时的情景。她躺在船板上的金边天鹅绒毯上，男人将她的双脚抬起来搭在肩上，粗野地侵犯她的身体……

马可将叠放在船板上的蕾丝边垫子拿起来，双手各拿着一张互相拍打一下，为乘客上船做好准备，然后拉着乘客的手，将他们一个个带到船上。当然，他对耀子递了一个特别的眼色。慎司见妻子没有理会，替妻子给马可递了一个特别的眼色。贡多拉缓缓开动，离了岸。翡翠色的海波对面，漂浮着一个像奶油蛋糕似的精致的海岛。海岛上高耸的教堂屋顶的装饰，在阳光下发出金色的光芒。圣马可广场、钟楼和黄金宫越来越远。开出一段之后，再往回看，发现它们形成了举世无双的完美构图，令人赞叹不已。不久，小船逐渐改变角度，驶入岛上的狭窄运河中。前面不远处的另外一艘贡多拉上好像有乐队。手风琴明快的旋律划过水面，在运河的河面上悠扬地回荡。

"坐上来才感觉真的很棒哎！坐船的感觉，比在外面看绝对要好很多啊。"

午饭之后变得有些沉默的芙祐子突然又高兴起来，单手拿着相机，兴奋不已。站在船头划船的马可、斜戴着巴

42

拿马帽的德史、运河两岸的人家、在细细的绳子上晾晒的衣物（用白色的内衣、红色的毛巾和绿色的袜子模拟出国旗的样子）等等。芙祐子毫不吝啬地按下快门。坐在对面的耀子面带微笑，目不转睛地看着欢呼雀跃的芙祐子。

慎司发自内心地对这种状况感到满意。他将手伸向妻子的后背，若无其事地靠近她。耀子既没有表现出紧张，也没有挪动身子主动靠近丈夫，只是任由丈夫抚摸自己。对面的芙祐子和德史虽然将这对夫妇间的接触明明白白地看在眼中，却装着完全没有注意的样子，依然不停地指着船外的那些风景，发出惊讶的声音。

慎司越发用力地搂住妻子。

他看着周围，陷入深深的感慨当中。坐在对面贡多拉上与自己擦身而过的游客、在贡多拉穿过的拱桥上拿着相机朝这边挥手的游客……他们所有人都将视线投向我和妻子。他们所有人看到我和妻子都肯定会有所感想。他们肯定会觉得这对夫妻是天生的一对……无论在哪个国家，都以一定比例存在的那种怎么看都像是夫妻的组合……貌若天仙而且花钱如流水的妻子，比妻子矮一头、眼睛又大又凸、四肢瘦弱、小腹微微隆起的丑陋丈夫……这就是我和妻子的样子。这样的夫妻组合，在这个世界上有千千万万、随处可见的完美组合……周围人投来的视线，就是慎司本人的视线。他想成为他们眼中的样子，变成他们的视线要求的那种样子。不，或者说，他希望他们能准确地如自己的期待看待他和他的妻子。

慎司天生缺乏肉体的魅力。他自小便头发稀疏，脸上缺少血色，眼球向外凸出，一副总是很吃惊的样子，容易发胖的脸颊上肉肿得像肉瘤，但胳膊和腿却无论怎么锻炼也不长肌肉。但是，他以自己的方式度过了艰难的时期，掌握了一种适应这种逆境的方法。他现在之所以获得比一般人更多的财富、无限广阔的人脉和一位优雅漂亮的妻子，肯定都是归功于过剩的自卑意识对自己的控制以及因此而萌生的冷酷心理。但他绝不想成为那种粗俗的暴发户，将这种战利品挂在鼻子上炫耀。他必须以此为踏板，像渔家女潜入海中寻宝一样，用自己的双手一点点地找出那种让人着迷的优秀成功人士的深厚涵养。

他在少年时代便认识到自己的外表不及别人，所以，为了拥有一种令人着迷的魅力，他最重视的是那种无形的男人气场。他通过不断的努力，终于在一定程度上得到了自己期待的那种"气场"，也在一定程度上得到了满足。但是，即便如此，他也从未停下探索的脚步。在各种领域令他崇拜的那些人都有家室，而且他们的妻子都很漂亮。他感觉只要他们坐在自己旁边，就像能发出一种特殊的静电，让自己感到浑身发痒。有时，这种静电会让慎司感到一种耻辱，就像被迫在众目睽睽之下自慰一样。而且，这不仅不会给他带来不快，反而会让他产生一种快感。他通过冷静的考察，得出一个结论，认为这就是气场产生的亚种——情调。只要坐在那里，就能让周围的人羞愧地低下头……所谓的情调，就是这种颓废的、色情的气氛。慎司的研究对象包括任何一个魅力四射的男人、此人对周围的人产生的心理和肉体上的影响、他们之间在理性维度不可能说明的眼神的交流等多个方面，所以他非常清楚人们都会被这种优雅的情欲吸引。但是，这容易让人感到着迷的魔法的精髓，其实原本是从一种非常野蛮的行为中提取出来的。就像为了提取一滴让人心醉神迷的精油，就需要牺牲几百公斤被踩碎的玫瑰花瓣一样。仅有这些，这种精髓并不能随心所欲地提取。从这个意义上来说，他和他的妻子耀子在性这方面都有些过于正常且有些洁癖。慎司和耀子做爱的时候，始终打不起精神。耀子总是那样光彩夺目，穿着衣服的时候，她的身体总能勾起他的欲望，但是一旦当她脱光衣服的时候，她的身体却不像穿着衣服的时候那样能够激发他的兴趣。对于慎司来说，这是他们婚姻生活中唯一的一点不足。他想要那种非假冒的、真正的情调，颓废的气氛。他的转变很快。他在性方面的直觉总是准确无误。总之，慎司毫不犹豫地放弃了妻子，以一种在一定意义上可以称为自我牺牲的精神专注于婚外情。他随时随地在各种地方用各种手段和女人上床。夜总会的女人，作为生意伙伴的女社长，雇来打工的女大学生，在他的开放空间工作的画家和设计师等，出差时在昏暗的酒吧里对视了几秒钟的女人，甚至耀子的外甥女……

慎司想到最后一个情人，忍不住兴奋地浑身打颤。

为了转移注意力，他盯着桥上那个一脸不高兴地俯视下面的胖女人，开始性幻想。比如现在就跳下船，哗啦啦游过运河，跟那个女人上床如何？女人穿着一件大开领的连衣裙，脸白得没有一点血色，金发辫子垂到胸口，一看就是北欧人。嘴唇翻起一半，圆润的下颌那样性感……对，都说北欧女人在性方面非常奔放，不知是不是真的？

"我好像有点晕船。"

不知何时，芙祐子已经收起了相机，老老实实地待在那里。此刻，她将手放在脸颊上，柔弱地说道。德史立即递给她一粒薄荷糖。芙祐子默默地将在手中滚动的白色糖粒放进嘴里。

"这艘船一点也不晃啊。"

"可是，感觉恶心……"

"是心理作用啦。"

耀子见状，从慎司胳膊中抽身出来，拍了拍芙祐子的膝盖。

"据说这样拍拍膝盖，就能缓解晕船的感觉。"

"对不起，我坐船不行……一坐船就恶心……如果像水上巴士那样短时间坐一下的话倒没事儿。可是，坐的时间太长就……"

"从机场到这里来的船可真要命啊。当时我也有点晕。"

"真的是哎！那艘船最差劲了。开得又慢，又热，人又多……"

"那回去的时候我们坐电车吧。"

"嗯，是啊……"

贡多拉在运河上缓缓地行驶。两岸游人渐稀。

站在船头的马可偶尔和擦身而过的贡多拉船夫简短地打声招呼，除此之外便沉默不言，也不向乘客讲解两岸的建筑，只是有节奏地喘着粗气。只有在拐弯的时候，他才微微地低声哼一声，掌舵改变方向。

"那是什么？"

芙祐子弱弱地抬手指着一艘停在运河边上的货船。她就像完全变了一个人似的，脸色苍白，不停地伸出舌头舔着嘴唇，就像一条吃多了鸡蛋的蛇。

"是运输公司的船吧。不管怎么说，这里的交通工具只有船。又不通车……"

慎司将手交叉放在后脑勺处，在刺眼的阳光下眯着眼睛答道。

"这么说来，那是一艘收垃圾的船？"

前面那条巷子里，一个男人漫不经心地将沉甸甸的黑色塑料袋扔到船上。离得越近，臭味就越刺鼻，几人不再用鼻子呼吸。

芙祐子痛苦地扭动着身子说道：

"真难以置信，做什么都要用船……可是，这样交通事故就少了。会有人被船撞死吗？或者会不会经常有人掉到运河里淹死呢？"

"……也许会有人喝醉后掉进水里吧。"

德史受不了那种腐臭味，皱着眉头说道。

"掉进这里的运河里淹死，死得也会很浪漫，如果是我……"

"可是这条运河里都是病菌。"

芙祐子再次将手放在额头上，不再说话。德史从她另一只手中夺过薄荷糖，直接放进嘴里。大概是那种令人恶心的臭味刺激了他的胃。他不仅没有呕吐的感觉，反而感到了饥饿。岸上又热闹起来。他开始羡慕那些在河岸的露台上吃东西的人们。

"肚子饿了……"

他小声说了一句。没有人理他。德史回头看了一眼马可，然后看了一眼他的脸，确信这家伙肯定也饿了。现在，他心里想的根本不是这四个东方乘客，而是想着如何在吃晚饭之前找点点心垫垫肚子。

"肚子饿了啊。"

德史对马可小声说道。马可也冲他微微一笑。因此，德史愈发觉得自己感到饥饿是理所当然的了。他觉得自己是一个非常正常的人。——就像马可在那里划着桨，表现出十分正常的样子一样。

"晚饭去哪儿吃啊？"

德史转过头去，问慎司。

"是啊，耀子，去哪儿吃？"

慎司看了一眼妻子。她正托着腮，眺望运河沿岸的风景，听丈夫这么问，也只是小声说了一句"是啊"。很难期待她进行进一步的回答。替她回答的是芙祐子。

"中午饭吃得太多了，晚上想吃点简单的。"

"你是可以啊……"

"阿德，刚刚吃过饭，现在就开始考虑晚饭了吗？"

"嗯，对啊。"

"你想吃什么啊？"

"什么都行啊，能填饱肚子就行。"

"你会生病的。变得胖胖的，现在的裤子就都没法穿了。"

"我无所谓啊。比起忍饥挨饿，我宁愿吃很多，变胖，死掉也没关系。那样更幸福。"

"别说了，真丢人。"

芙祐子晕船晕得厉害，感到恶心作呕，于是用自己的手掌按住胃部，在榊家夫妻温柔的视线中，试图说服丈夫。虽然表面上这样，但是她其实内心是高兴的。丈夫旺盛的食欲让她感到自豪。她觉得这或许暗示着在他们夫妻的卧房中没有完全发泄出来的同等旺盛的性欲，而在这个世界上只有一个人拥有满足他的这种欲望的特权，那就是他的妻子——自己。

"食欲好是好事啊。"

耀子好像看透了芙祐子内心的优越感，说道。她摘下太阳镜，平静地微笑。

"我们已经吃不了太多了。稍微吃点饼干什么的就行。所以，我们晚餐干脆分开吃吧。"

"可是……"

芙祐子盯着丈夫，希望他做出决定。她希望他在这个时候能够直言——对，是个好主意，分开吃吧，那样的话，我们就都不用客气，使劲儿吃！

"让二位陪我们去吃也怪不好意思，慎司先生如果也觉得这样比较好的话……"

对，就是这样，就是这样啊。我，我双手赞成！芙祐子用一种赞许的眼神看着丈夫。

慎司当然回答：没关系，我们回酒店好好休息一下。芙祐子就像在叮嘱对方，嗯嗯哼了一声，闭上眼睛。另外三个人可能以为她是晕船难受，这样正好，因为她不用再说话了。她终于获得了一种正当的沉默权，感到心满意足。

"芙祐子，没事儿吧？应该快到了。瞧，那座桥我们来的时候也曾路过。"

耀子又攥起拳头，温柔地敲打芙祐子的膝盖。芙祐子突然睁开眼睛，就像被一种优越感催促着，慌忙做出笑脸。

他们在圣扎卡里亚码头解散了。

耀子和慎司说他们打算回酒店，休息到明天早晨。小谷夫妇目送他离开，然后漫无目的地走了起来。

芙祐子拉住丈夫的手，故意走得慢吞吞的。他现在终于只属于她一个人了。那对夫妇虽然是好人，但作为她和德史的朋友，他们还是有些过于完美……芙祐子发现自己已经完全没有了晕船的感觉。

另一方面，德史依然在思考几小时后下顿饭的问题，不，如果妻子同意的话，哪怕五分钟后去吃都行。可是，到底为什么会这么饿呢？隔着衣服大家都没有注意，其实德史过了三十岁，结婚之后越来越能吃，身上已经长了不少软绵绵的肥肉。二十多岁的时候，不管吃多少，那些食物都能马上被消化掉，不会在身体上留下任何痕迹……但是，现在却不同。食物会在他的身体上留下痕迹。曾经的那些食物只是在他的身体中走一个过场，便能给予他一定的热量……他非常怀念那个时期，这个世界上还有那种食物。他坚持认为不是自己的身体发生了变化，而是现在的食物和以前不同了。只是，他并不打算将这种愚蠢的想法告诉别人。妻子听了，肯定表现出一脸惊讶，不愠不火地嘲讽几句，像榊家夫妻那种优雅的人则可能会做一些不必要的解释，接受他的观点。但是，他觉得倒是可以跟那个贡多拉船夫马可讲一讲。——他懂得什么是真正的食欲。

前一天晚上吃得肚子胀鼓鼓的，觉得再也吃不下去了，甚至觉得自己在下一个星期什么都不想吃了，但是到了第二天，食欲又必然会十分敬业地出现，回到原来的位置。食欲和其他的欲望不同，绝对不会背叛他。他吃饭不是因为喜欢那些食物，而是为了满足真正的欲望，而这种欲望只有用吃饭这种方式才能得到满足。

只是，他觉得这种轻易获得的满足比费尽力气获得的满足更有害于身体。

他觉得自己会早逝。

"那家比萨店感觉不错哦。"

德史指着他看到的一家比萨餐馆，提醒妻子注意。芙祐子走近那家店，盯着印着菜品放大照片的菜单。

"这里很贵啊。"

"是吗？"

"我们白天经过的那家，玛格丽特比萨只要十欧元。"

"但是，这里好像很好吃啊。这个时间，里面都有这么多人。"

"确实……可是现在才刚四点。吃晚饭还太早了。"

"那要什么时候吃啊？"

"这……至少还得两个小时吧……要不然来不及消化。而且以前我不是说过嘛。我越吃越胖。本来就这样胖胖的……如果照这种节奏跟你一起吃的话，这次旅行我得胖三四公斤。"

"三四公斤？那也看不出来什么变化啊。"

"阿德，你说这话是认真的吗？三四公斤，很沉的。即便是三公斤和四公斤也差好多的。在这方面，你真的是一点都不在乎……"

"好了，我们进去吧。"

"不，不进。求你了，再走一会儿吧。"

芙祐子强行拉住德史的胳膊，快步从那家比萨店门口走开。但是，她在心中依然为丈夫旺盛的食欲感到自豪。他是个大胃口的男人。而且，自己能这样随意控制他的食量，甚至还能像现在这样随意延长他期待的时间……

为了转变丈夫欲望前进的方向，她走进一家女性内衣店。里面的墙上挂满了各种颜色的性感内衣。其中一件胸罩映入她的眼帘。

"喂，你看这个好看吗？"

芙祐子摇晃着德史的胳膊。那件胸罩上覆盖着一种泛蓝的白色蕾丝，肩带的一端搭配着一条小小的粉色绸带。芙祐子拿起衣架在自己胸前比了一下。德史看了她一眼，眼神空洞。

"哎，怎么样？"

"嗯……"

"这个喜欢吗？"

"嗯……"

"看来不怎么喜欢啊。"

芙祐子找到价格标签，叹了一口气。已为人妻的女人偶尔表现出这种深明大义的侧脸，无论在什么时候都能微微勾起丈夫的乡愁。德史不由得脱口而出。

"喜欢的话，我给你买啊。"

芙祐子突然变得一脸阳光，"嗯"了一声，微笑起来。

两人拿着胸罩和与之配套的内裤走向收银台。年轻的女收银员涂着通红的口红，将正在通话中的话筒夹在肩膀和脸的左侧，十分灵活却又十分粗鲁地将商品上的防盗牌摘下。芙祐子打算今天晚上洗完澡就穿上那件花式内衣。

夫妇二人走出那家店，再次在街上走来走去。无论谈什么话题，都不起劲。

丈夫感到饥饿。

妻子感到那原本已经完全消失的晕船的感觉还有一点残存在身体中。

在加布里埃尔酒店的三〇一房间，慎司脱掉鞋子和裤子，躺在床上。

他在等着淋浴。耀子终于走了出来，穿着浴袍说了一句："请。"慎司起身与妻子擦肩而过的时候，原本没有那种打算，却强行亲了妻子一口。耀子立即扭过脸去，他却没有放弃。他现在非常想拥有妻子的身体。不知是桥上的那个女人挑逗起来的，还是异国的太阳和大海带来的燥热和潮气的缘故？不管是哪种原因，反正这对夫妇已经很久没做这种事了。

"先去洗个澡啦！"

妻子的要求理所当然地被无视。慎司脱掉妻子身上的浴袍将她推倒在床上，从后面侵犯她的身体。虽然插入时多少有些困难，但是很快便迎来了恍惚的忘我时间。只是，这并没有持续太长时间。他发出一声呻吟，就结束了。脸颊碰到妻子的后背，发现她虽然刚刚冲过热水澡，那里却依然很凉。

两人保持着这种姿势，在床上躺了一会儿。

过了一会儿，耀子说道：

"没事儿了吧？"

"嗯。"

没事儿？什么没事儿啊？慎司起身，裸着下半身走向浴室。

他心中稍微产生了一点负罪感。他觉得这样和妻子做爱是一种恶趣味。然而，在他走进浴室的那一瞬间，听到电视的声音时，不由得开始生气。要不，再去强暴那娘们儿一次，以更加羞辱的体位……慎司没有冲掉抹在身上的沐浴液就走出浴室，又强暴了已经穿好浴袍坐在床上的妻子。这次的体位和第一次基本上没有什么区别。只是这次持续的时间更长。他开始稍微感觉有些别扭。他在耀子光滑的背部寻求一种明显不在场的东西。那种东西是他再也不想看到的东西，却又萦绕在心头，挥之不去。

很快他就放弃了，趴在妻子身上。她的背部依然很凉。他感觉到她从心底里鄙视自己。他告诉自己，自己在第二次做爱中想要的正是妻子对自己的这种鄙夷。慎司一言不发地回到浴室。虽然结果与他的期待相去甚远，但至少刚才那种负罪感完全消失了。然后，只有疲惫填满他的身体。

丈夫走开之后，耀子趴在床上，将刚才被丈夫扯掉的浴袍拉过来盖住身体，然后闭着眼睛待了一会儿。被强行插入的阴道口像针扎般疼痛。这种突发性的性行为让她感到疼痛。暴力性交与性暴力没有任何区别。不管是哪一种，她都是被迫配合到最后的那一方。

自从耀子八年前和丈夫结婚之后，就再也没有和任何人做过爱。即便回忆一下结婚前的性交经历，也不曾有一个男人带给她期待的那种满足。对于她来说，到目前为止只有一次性交是真正的性行为。

浴室的水声戛然而止。

她把头埋进被单里，闭上眼睛。

终于，她开始感到全身疲惫，昏昏沉沉地睡去。

到了早晨，两对夫妻四个人各自下来吃早餐。

最先坐在那里的是耀子。她和昨天一样，坐在窗边的一张双人餐桌上。德史看到耀子的背影，踌躇起来。要走

56

上前拍一下她的肩膀吗？如果可能，他不想那么做。与她单独相处，真的无话可谈。德史没有向妻子芙祐子说过，其实从半年前看到她第一眼开始，他就不太擅长应付这个看起来有些高傲的女人。

她虽然表面上总是十分优雅，但当她问一些琐事等待自己回答的时候，细长且清澈的眸子紧紧地盯着自己，这让德史感到浑身不自在。想到她的那种眼神，他的双脚便不由得开始往后退。但是，如果她站起来，看到自己正要坐在别的座位上……对，到时就装作之前没有注意到她的样子就好了。这是最好的选择。他磨磨蹭蹭的，终于决定朝着离自己最近的餐桌走去。就在这一瞬间，耀子扭过身来。

"德史先生。"

那张像淫荡的修女一样的脸！德史看到女人回过头来，恨得咬牙切齿，表面上却装起傻来，装作刚走进来的样子，说了一声"啊！早上好"，微笑着走过去。"您不介意的话……"为了方便他坐到窗边的那个座位上，耀子稍微斜了一下椅子，为他腾出路来。

"对不起，失礼了。"

德史坐下之后，系着黑色围裙的年轻女服务员走了过来。他先是点了一杯咖啡，但马上又改变了主意，要了一杯红茶。

"原来开咖啡馆的也不总是喝咖啡啊。"

带着一些自嘲的意味，耀子笑了起来。德史不解其意。

"嗯……"

看到耀子正在喝咖啡，他没能如实说出自己的想法。其实是"因为不好喝"。

"但是，不怎么好喝嘛，这里的咖啡。"

他也没说句"是啊"，如实地表达同意。他已开始感到窘迫。如果可能的话，他想马上离开餐桌，跑到取餐台前面横扫一通，迅速填饱肚子，然后回房间。

"请。"

耀子说道。突然之间，德史不知道对方请自己做什么。

"请去取餐吧。"

德史终于明白她的意思，脸上浮现出发自内心的微笑，站起身来。

"耀子夫人如果有什么想吃的，我顺便都拿过来。"

"不用了。我已经吃过了，最后喝点咖啡。"

"是吗，那我就先失陪一下了。"

站在取餐台前，他便马上从紧张的情绪中解放了出来，开始陶醉在那种熟悉的兴奋漩涡里。令人百看不厌的光景——各种面包、各种火腿和烤肠、蛋类、奶酪、水果和酸奶等，虽然都是随处可见的酒店自助式早餐，但不管怎么说是随便吃的，能吃多少，想吃多少，就吃多少。

德史像拿着一件武器似的，用力拿着一个夹子，一个接一个地将餐台上的食物夹到白色的大盘子里。昨天威胁他妻子的那个少年，今天站在一个放着冰块、摆着酸奶的长方形盆子前面，茫然地盯着这个像饿狼一般的东方男人。少年的盘子里放着两盒酸奶，一盒草莓味的，一盒芒果味的。他母亲站在旁边，一大早就表现出气势汹汹的样子。她大概是在说酸奶只能拿一份……德史觉得那个少年可怜，伸过手去，一下子拿了四盒酸奶。草莓味的，芒果味的，香蕉味的，还有一盒酸奶里面放着他不知道名字的紫红色球形水果。但是，每个盒子都太小了。一个个地喝太麻烦了，他决定打开之后倒进碗里搅拌一下，一起喝掉。这时，他才终于想起自己昨天喝了一口酸奶，当时差点吐了出来。那盒酸奶的包装和这些酸奶一样，上面印着一头系着铃铛的牛。酸味太浓，以至于让人怀疑那酸奶是否已经变质。里面可能加了燕麦或者别的什么干巴巴的东西。那酸奶真是太难喝了。这个国家的人竟然要喝这种难喝到要死的酸奶，真是太可怜了。还好我不用再喝第二次了——当时他的确曾这样想过，但现在他又将那些酸奶放到了托盘上，而且这些酸奶中，肯定有一盒和昨天的那盒酸奶一样难喝得要死。他咂吧了一下嘴，正要将酸奶放回原处。就在这一瞬间，他又想起自己刚才在耀子面前，受不了那难喝的咖啡，点了保险一些的红茶。这样一来，他突然感觉自己被她抓住了要害。

她好像在试探我。德史这样想着，突然抬起头来，看到一个比自己稍微年轻一些的欧美女人站在放着各种奶酪的木板前，紧紧地盯着自己。

　　她的眼睛与日本的女人一样，眼神的深处闪烁着一种光芒。德史在这三十二年的人生中，早就已经见惯不惊了。遇到这种目光的时候，他总是会马上低下头，避开对方的视线。但是，他不知道自己这种谨慎的反应反而更加撩动女人的心。

　　自从记事的时候起，德史便经常遇到这种色眯眯的眼神。当然，他也多少因此产生一种自我陶醉的感觉。也就是说，他觉得这或许都归咎于自己帅气的外表。一些女人看到他，便会走上来说一些黏糊糊、毫无意义的褒奖词，诸如"好帅啊"、"美少年"之类，阿谀奉承一番，表现出德史根本不想要的媚态，让幼小的他感到为难。长大成人后，他还没有学会掌控自己的欲望，便已经成为女人欲望的对象，试图在其中寻找自我。在女人的诱惑下，与不特定的多名女性上了床。她们都是这方面的老手，因此他接受了这方面的"高等教育"。德史感觉自己就像一张巨大的靶子，是一张被人抻长之后贴在墙上任由别人的欲望之箭射击的箭靶……箭靶本身不知道自己身上印着什么，但是那些女人却表现出一副歇斯底里、一门心思的样子，不停地将自己的欲望掷向箭靶，并试图射中靶心……他学会了在女人的身体面前主动地运动，并通过各种方式的运动获取一种销魂的感受。但是，他越主动地运动，越感觉不是自己在侵犯那个女人，而是自己被对方侵犯。结果，他始终不过是一个箭靶，摊开自己的血肉之躯，被那些女人疯狂地射击。不久之后，这种感觉开始妨碍原本轻松愉悦的性游戏。德史发现自己和女人做爱的时候，其实根本不想占有她们。欲望的确是存在的。因为欲望存在，他才和女人做爱。但是，那种欲望仅仅就像是被人塞进嘴里的一把黏土。

因为这个原因，他的性活动最旺盛的时期在二十岁之前就结束了。德史只是肉体自然发情，心理却无法产生真正的欲望。他已经对女人这东西失望了。从那时起，他开始觉得那些女人看自己时的目光大抵都是丑陋的。半年前，他受慎司之邀去了榊家，在他家的客厅里第一次见到耀子的时候，他也从她的眼神中看到了那种淫贱的光芒。他马上就开始瞧不起她了。在鄙视女人这方面，他是一个了不起的专家。十几岁的时候形成的习惯而今已经修炼得炉火纯青。他精通此道，内心鄙视女人的时候，不仅不会让女人发现，甚至还能让女人在心中产生些许浪漫的期待。

"要奶酪吗？"

盯着德史的那个女人将一个盛着四种不同小奶酪的盘子递到他的小腹前，对他微笑。德史差点伸手去拿，但是看到女人露出洁白无瑕的牙齿，顿时感到不快，便默不作声地转身离开了。

德史回到餐桌上，耀子皱着眉头，一脸惊讶。

"你早晨也吃这么多啊？"

耀子直称德史为"你"，稍微引起他的注意。这个人称代词里面，有一种非同一般的亲密感。

"嗯，芙祐子总是很无奈，我饭量大……"

"胃口好啊。"

"就这么一个优点。"

耀子微微动了一下嘴角，呵呵一笑，说道：

"要不我点个小杯咖啡吧。"

"意式浓缩咖啡吗？"

"对，意式浓缩咖啡……"

耀子见女服务员给德史端上红茶，于是点了一个小杯咖啡。德史喝了一口红茶，迫不及待地吃起了早餐。他几乎不咀嚼，下颌上下动一两下，便立即吞咽下去。人们也许会觉得他根本没时间品尝食物的味道，但他其实以自己的某种方式充分品尝了。他吃饭的时候，能够非常清楚地区分冷火腿与非冷火腿、黑面包和白面包的味道。

"你真能吃……以前就这样吗？"

听到"以前"这个词，德史有些不痛快，但他的牙齿和舌头绝不停止运动。他不停地取餐，咀嚼，将它们塞进喉咙深处。

"嗯，从以前就是。"

德史嘴里塞满食物，口齿不清地说着，点了点头。

耀子紧紧地盯着一直吃个不停的德史。他那薄薄的嘴唇在叉子接近时使劲张开，而后又迅速闭合，只有在短暂的咀嚼期间呈现出不自然的扭曲，喉咙夸张地动一下，将食物咽下去的那一瞬间，那张嘴又像风平浪静的大海一样恢复了平静，紧接着又为再次接近的叉子大大地张开……叉子前端叉住的火腿、鸡蛋和蘑菇等混杂着唾液被碾碎的声音，撩拨着耀子的鼓膜。她忍不住悄悄地扭动了一下身体。这是她第一次单独将正在进食的他据为己有。她觉得，自己的男人在这个世界上只有他一个，他的女人在这个世界上也只有她一人。

每当他和自己视线相遇时，瞳孔中便掠过一丝痛苦的阴影。耀子曾经在镜子里看到自己的瞳孔中也有这种阴影。他已经忘了。但是，那个阴影确切无误地表明他确实就是那时的那个他。我们二人到底还能否再次进行身体接触呢？下次不是在那种昏暗的巷子里，而是在洁白、干净、温暖的床上。——耀子感到自己心中产生了一种渴望，一种非常强烈的渴望。她的这个计划并非那么容易实现。那将非常可怕。然而，在这个金灿灿的阳光与流水辉映的岛上，一种比恐惧更深层的东西正在执拗地呼唤她的名字。

窗外，晴空万里，阳光明媚得刺眼。

大海比昨天更蓝，海面上闪烁着光芒。

卖帽子和球衣的摊贩已经开始做起了生意，手里拿着观光旗的亚洲旅游团紧贴着外面的窗子走过去，在耀子和德史的身上形成一个大大的阴影，持续了几秒钟。

　　德史将所有的酸奶放进碗里，一口气倒进嘴中，喝了一杯水，再次走向取餐台。他就像保洁工打扫尘埃似的，焦急而又熟练地将取餐台上的食物盛到盘子里。耀子看着德史，打算等他回来后问问他："你真的把那天晚上的事情忘了吗？"但是，耀子没有得到机会。德史还没有回来的时候，睡眼惺忪、脸庞浮肿的丈夫就已经坐在了自己面前的座位上。

　　"哎，吃完啦？"

　　丈夫强忍着哈欠，坐在椅子上使劲晃动脖子，发出咔咔的响声。他每天早晨的这个动作，以一种特别的方式让耀子感到焦躁。

　　"嗯，我吃完了。刚才德史先生坐这个位置来着。"

　　"哦，是嘛。已经回去了吗？"

　　"没有啊，在那边，又去取餐了。他可真能吃啊。"

　　"他在咖啡馆工作的时候，还真没看出来原来他是个大胃王。"

　　"好像不是在吃饭，像是在干另外一件事。"

　　"因为你饭量小啊。"

　　很快，德史端着一个比第一次盛着更多食物的盘子回来了。慎司与女服务员一起将旁边的桌子拉过来，拼成一

64

个四人的餐桌。

"抱歉，有劳……"

"没事儿。我去取餐了。"

然后，餐桌上又只剩下耀子和德史两个人。耀子盯着德史，看他孤独而又放纵地吃着早餐，视线中有一种特别的意味。两人还没有开口交谈，就又出现了一个碍事的人。

"阿德，你这都是第几次取餐了？"

耀子回过头去，看到芙祐子站在那里。她穿着一件鲜艳的黄色格子纯棉衬衣，戴着一条大花瓣形项链，还有与之配套的耳环。这肯定是她处心积虑想了好几天的搭配。耀子拉出旁边的椅子，让她坐下。

"耀子夫人，早上好。昨天睡得好吗？"

"嗯，睡得很好。我们回到酒店，就再也没出来过。晚饭就吃了点从机场买来的饼干。"

"哦，这样啊。那今天早晨不饿吗？他晚上又想吃比萨，我俩点了玛格丽特比萨，还有什么来着？对，各种火腿、蒜香腊肠比萨、海鲜意大利面，还有海鲜意大利烩饭，最后竟然还吃了饭后甜点。"

"哎呀，吃那么多啊。那现在还这么能吃呢？"

"他的胃啊，简直是个无底洞。他除了吃好像别的什么都不会。但是，我是正常的。昨天吃那么多，今天早晨就吃不下了。我就吃点水果，喝点咖啡吧。"

"是啊，不能勉强自己吃太多。"

"芙祐子，早上好。"

从取餐台回来的慎司对芙祐子笑道。

"啊，早上好，昨天休息好了吗？"

"嗯，昨天和你们分开之后，我们就一直待在酒店里。"

芙祐子发现他的声音不同于刚才耀子说话时的腔调，有一种新鲜的亲密味道，不知道该怎么回应才好。这时，耀子笑着说道：

"老公，这些我刚才都跟她说了。"

"啊，是嘛。可是怎么会这样呢？大概是上了年纪吧。回到房间里就倒头大睡……看样子大热天在外面玩，半天就是极限。"

"今天也很热啊。"

"好像是啊。"

"我不知道这地方原来这么热。海边的潮气也很重……这样的话，和东京没什么太大差别，而且这里日照强烈，感觉比东京更加闷热……"

三人这样说话的时候，德史专注地吃饭。他还没有吃完早餐。打算下次去拿刚才那个女人试图递给自己的那块橙色三角形奶酪。

早餐结束之后，四人回到房间，开始穿衣打扮，准备出门。

耀子脱掉室内穿的紧身无袖 T 恤，换上沙色麻布衫。她决定在接下来的几天时间里，不穿色调太鲜艳的衣服，因为这个小城所有的地方都着色太多。慎司穿上一件黑色的网球衫站在镜子前面，故意将硬邦邦的头发弄得有些凌乱。这是他喜欢的发型。耀子走过去，帮他处理后脑勺的头发。当她的指尖触碰到他的肌肤的时候，昨夜性行为的余韵微微回荡。两人都装作若无其事的样子。那种余韵散发出一种刺鼻的气味，就像刚打开的杀虫剂，没有任何情欲发酵的味道。

"你就这样出去？"

慎司对着化妆台的镜子，检查妻子的发型、妆容和衣服。耀子内心希望自己现在的样子正巧符合他的要求，面带微笑。她的微笑不是冲着丈夫，而是冲着镜子中的那个自己。她在镜子中看到自己完美的身影，那个自己是一个幻影，生活在丈夫理想中的幻影。她突然想为那个幻影做点什么，便捏住丈夫头上的一束硬硬的头发，轻轻地将其竖起来，用左手捏住发梢，用右手的食指和拇指朝头发自然生长的反方向捋，从来没有染过的黑发失去了约束，分散开来。她专注地为丈夫干枯的头发做竖发造型。

"倒也还行……可是脸上是不是少点什么装饰？"

"我会戴太阳镜，这样刚好。"

"我前不久不是给你买了一副珍珠耳坠吗，要不戴上那个？"

"流汗会往下滑的。我不想戴。"

"那珍珠项链呢……"

"周围都晒黑了，戴项链的地方会留下一条白印，也不戴。"

"是嘛，可真够呛……"

慎司做好了自己中意的发型，卷起网球衫的下摆，向耀子伸出手掌。耀子拿起放在化妆台上的香水瓶，往他手掌中倒了几滴。慎司将香水擦在裸露的肚皮上，然后含了一口漱口水，又吐出来，梳妆打扮结束。他长得一点都不好看，但总是衣着干净整洁，给人一种很好的感觉。他自己也清楚这一点，总是充满自信。

"今天要去哪儿呢？"

"好像说要坐船去一座海岛吧？"

"谁说的？"

"忘了是谁了。不是你就是芙祐子或者德史君吧。"

"算了，不管是谁说的，结果都是一样。"

"好像说什么玻璃工艺来着。"

"那肯定是穆拉诺岛吧……"

两人下了楼，到了大厅之后，看到小谷夫妇已经在那里等他们了。德史坐在沙发上，芙祐子站在旁边望着窗外。"久等了。"听到慎司的声音，德史抬起头，芙祐子也回过头来，看的却不是他，而是迅速上下打量了一下与他站在一起的耀子。

耀子换了装扮。仅此一点，对这两个人来说就是一件不小的事件。

四人在圣扎卡里亚码头乘上船，坐上靠岸的四十一号水上巴士，前往穆拉诺岛——威尼斯玻璃之岛、玻璃工匠之岛。四十一号水上巴士中挤满了游客，很难坐到里面的绿色座位上去。四人只好排成一排站在甲板上。

"人真多。这些人都是去穆拉诺岛吗？"

芙祐子一边用起毛的巾帕擦着汗，一边自言自语道。

"可能是吧。"

答话的是慎司。

"到处都是人……"

"现在是旅游旺季啊。大家都想到一块去了。"

"我还以为只有日本的旅游景点才会这么多人呢。看来也不是啊。我一直以为外国人都不喜欢人堆，只有日本人才能忍受拥挤呢。看来外国拥挤的时候也是很拥挤啊。"

"是啊。"

将芙祐子和慎司夹在中间，站在两边的德史和耀子默不作声，也不随声附和。两人虽然被隔开，却像一对夫妻，只是默默地看着大海，这让站在中间的芙祐子感到非常生气。她想引起丈夫的注意，希望他知道自己现在不高兴，因此故意表现出一副气鼓鼓的样子，只管跟慎司聊天。

"从机场坐上小船，开得又慢，船上又吵闹……烦死我了……坐上那种船，第一次看到这边岛上的圣马可大教堂和钟楼等岸上的风景时，我觉得'哇，简直跟迪士尼海洋公园一样'。您没有那样觉得吗？反正我就跟个傻子似的，这么认为。真是这样。慎司先生，您去过迪士尼海洋公园吗？"

慎司笑着摇头，说道："没有，迪士尼乐园我倒是去过……"

"那个迪士尼海洋公园里面，有很多主题区，都是以某个国家或城市为主题建造的。进去之后走不多远就有一个主题区，大概就是这个城市。有运河，有绚丽多彩的漂亮建筑，中央有一个像大水池一样的东西，到晚上那里就会上演水火秀……之前我都不知道原来这个城市就是那个主题区的原型。我在海上看到这个城市的时候，一下子就明白了：啊，原来就是这里啊。"

"哦……"

"看到真品却感觉它像仿制品，您不觉得奇怪吗？如果我以前没去过迪士尼海洋公园，第一次来这里肯定会很感动。仿制品果然会降低真品的价值。"

"但是，仿制品有时候还是能发挥重要作用的。比如像我这种人，在迪士尼海洋公园也能玩得很好，根本没必要

70

大老远跑到这种地方来……"

"的确。迪士尼海洋公园的确是一个很好玩的地方……"

"芙祐子，不是有句老话，叫做'不知即是佛'①吗？有些人看到真品之后就会对仿制品感到失望或因为自己得不到真品而痛苦不堪，而另外一些人却根本不想这些，他们会努力去寻找那个适合自己且对自己有用的仿制品并乐在其中。二者比起来，我觉得后者更幸运。"

"这也不是没有可能……可是，我总觉得那样的话有点失落呢……其实在这个世界上，所有的一切都是模仿……比如我们穿的衣服、发型、房间的装修设计等等，全都是对电视里或者杂志上的那些样本的模仿……"

因为芙祐子自己就是这样，所以在说这些话的时候，她的声音一点点变小。但是，为了彻底阻止内心的屈辱外露，切断那根已经开始漏电的线路，她使劲摇了摇头，说道：

"真正的真品到底在哪儿呢？"

"这座城市也不见得就是真品哦。"

耀子突然开口说话。芙祐子认为自己的发言终于能够引起她的注意，高兴地伸长了脖子，隔着慎司对耀子微微

---

① 日文成语，意为"知道某事或事实真相的话会很生气，如果不知道的话，便能像佛祖一样心平气和"，与汉语的"眼不见为净"相近。

一笑。

"这个城市也不是吗？"

"芙祐子，你刚看到这座城市的时候，觉得它像迪士尼海洋公园，对吧？我理解你的心情。真品反而像仿制品，那不就说明它已经不是真品了吗？"

耀子说的话无凭无据，让芙祐子既无法表达同意也无法反驳。芙祐子闷闷地缩回头去，不再说话。耀子感觉她有些可怜，于是她又伸长了脖子，隔着丈夫继续对芙祐子说道：

"不光是这个城市如此。我认为这个世界上根本不存在所谓的真品。不光是真正的宝石、真正的画之类的用肉眼可以看到的东西。比如啊，年轻人经常说的'真正的自己'、'真正的爱'之类的……这都不过是一些文字游戏，是人们随意在头脑中捏造出来的幻象。所谓真正的真品，都不过是个幻象而已。"

"这么说来，真正的这座城市根本就不存在吗？"

"是啊，我是这么想的……我觉得这个城市已经不再是真正的它了。走在街上的每一个人，都与这个城市格格不入……但是，这肯定也没有办法。即便这座城市曾经是货真价实的，但是也有可能随着时间的流逝，多年之后……某一天……不知不觉间，悄悄地变成了另外一个它……在原本那个真正的它自己都不知道的情况下……"

慢慢地，耀子变得像是在自言自语，声音变得含糊起

72

来。芙祐子突然想到一个比喻，而且觉得特别贴切，于是大声说道：

"也就是说，就像青虫自然而然地变成蝴蝶，真品就变成了赝品，对吗？"

"是啊，要是那样就好了。"

芙祐子又恢复了活力，一脸惋惜地盯着渐去渐远的主岛。几千只五颜六色的蝴蝶从那里追着这条船飞过来的幻象，让她陷入瞬间的心醉神迷。

在两个女人说话的时候，两个男人不知去了哪里，耀子现在站在芙祐子旁边。

芙祐子盯着渐去渐远的主岛，眼睛中充满了兴奋的光芒。耀子看着她的侧脸，突然意识到自己的视线是冰冷的，顿时吃了一惊。这时，她看到芙祐子的衬衣袖口上沾着一颗沙粒大小的污渍，默默地帮她擦掉，试图以此结束自己冰冷的视线。慈悲虽然在本质上与怜悯没有什么不同，却不似怜悯那样丑陋。她试图将心中对这个多愁善感的女人的怜悯转变为慈悲。芙祐子与耀子虽然都是女人，但是与耀子不同的是，她感情幼稚，而且容易陷入感伤。她在心理上还是一个十一岁的少女。想到这里，耀子这种情感上的转换就变得容易多了。芙祐子是一个少女，不大也不小。但是，耀子也不得不承认，在这两天的时间里，这个任凭自己感情行事的少女时常会让她感到生气，产生一种难以抑制的不愉快心情。她有时也想要指责她的怠

73

惰。看到她沉浸在这种陈腐又不切实际的幻想中并为之兴奋不已，耀子其实想问一句：为什么不放松一下？为什么不穿上备好的戏服，拿起备好的剧本，赤脚走上人生的舞台？……

芙祐子见耀子用手指碰自己的袖口，不好意思地笑道："啊，真是的。不好意思。"看着那张长得像烙饼一样胖乎乎的脸蛋，耀子突然觉得她有些可爱。虽然这并不能回答在她心中卷起漩涡的那个诘问，但是至少它可以产生一种诉求的力量，消解这个激烈的漩涡，将水流转向别的方向。的确，这个女人是如此可爱。然而，除此之外她还有什么呢？耀子冷静下来，将注意力集中在眼前的这个女人身上，就像要采摘一朵路边的小花，仔细地观察着她，捕捉她眼神中的困惑、善意以及对自己的赞赏。耀子当然也能够想象，她的这种视线在关键时刻对她的丈夫也发挥着同样的效力。对，这就是她的方法。——若是这样，我当然也应该有我的方法！

耀子自然地微笑起来。不知何时，她开始了想象：如果将这个女人推进这片翡翠色的大海，自己也脱掉衣服，紧随其后跳进海浪之中。在阳光下温热的海水中洗浴的裸体，究竟会以什么样的方式映入德史的眼中？她现在可以确信，当他看到自己的裸体的时候，瞳孔深处会散发一种光芒，而且会毫不犹豫地将炙热的双手伸向自己。

波涛起伏，就像巨鱼的鱼鳞。芙祐子抱着胳膊，耀子盯着海面。她脸上的微笑越发优美，变得平静甚至凝固，就像一尊雕塑而不像一个活人。

　　穆拉诺岛越来越近。

　　这座海岛以主岛所没有的秀美与静谧风景朝着船上的游客招手，迎接他们的到来。大家顿时变得心情舒畅。吵闹的发动机声变缓，穿着红色网球衫的船夫面无表情地握住绳子，准备靠岸。

　　"嗯，玻璃艺术博物馆在……"

　　下了船之后，慎司打开旅游指南，查找穆拉诺岛的玻璃艺术博物馆的简介。芙祐子也伸头去瞧。德史站在稍远处，独自转向大海，看着船慢慢离去。

　　"德史先生，你会游泳吗？"

　　耀子站在德史旁边，问道。

　　"会游啊。"

　　"那你能游到对岸吗？"

　　"应该可以吧。"

　　"哟，这么有自信啊。"

　　"我从高中就坚持游泳。上大学的时候，放假期间还兼职做过游泳池的救生员。一般每天能游十公里。"

　　"你做过很多工作呢。"

　　德史听到对方的声音有些不自然，转身面向耀子。她也一脸吃惊。但是，还没等德史开口，惊讶的表情就已经消失了。她将手放在额头上，说道："十公里啊，好厉害！"

"耀子夫人怎么样？能游到对岸吗？"

"嗯，肯定能游到。"

"那要不游到那个红屋顶的房子那里？"

德史笑着指了一下对岸，侧过脸来，在耀子的视线中发现一种新鲜的闪光。在东京每次与耀子见面，都和第一次见面时一样，德史总是在耀子的视线中发现卑贱与情色的意味。但是，现在在她的瞳孔中，那种肮脏污浊的光芒已经完全消失，取而代之的是一种清澈的目光，就像一个孩子在哭闹之后终于得到自己想要的东西，闪现着胜利的喜悦与骄傲，唤起他遥远的回忆。德史紧紧地盯着她的眼睛，许久没有转开视线。

这时，芙祐子从后面跑了过来，抓住他指向对岸的手指。

"喂，我们去博物馆吧。离这里很近。"

耀子看了一眼嗲声嗲气的芙祐子，转身面朝大海。她在闪烁的翡翠色的波浪间，找回自己刚才已经放弃的慈悲。

"是啊，我们走吧。"

从水上巴士下船的乘客在码头拍完纪念照，顺着沿海路走了起来。耀子跟在他们后面。"耀子，这边啊。"身后传来慎司的声音，但她却没有停下脚步。很快，她的身后形成了一个和往常一样的队列：慎司，德史，接着是芙祐子……

"慎司先生明明说是那边，可为什么大家都往这边走呢？"

芙祐子拉了一下丈夫的衬衣袖子，鼓着腮。这是她最拿手的表情。

"那也没办法啊，大家都往这边走。"

"往这边走，去干什么呢？"

"不知道。无所谓啦，反正我们有的是时间。"

"可是……"

"瞧，多漂亮啊。"

德史指着路旁的纪念品店。染色的小瓶子、玻璃杯和盘子在阳光的照耀下闪闪发光。看着这些东西，感觉身边这个像啮齿动物一样鼓着腮帮的妻子倒也不失可爱。然而，德史明白妻子并不是在生气，而是着急。而且，他知道这是因为自己刚才和耀子之间有过视线的交流。虽说如此，德史也无计可施。如果对芙祐子说他其实讨厌那个女人，也许能稍微让她的自尊心得到一点满足……但是，这样一来，虽然表面上是贬低耀子，其实却只会抬高她原本就优越的地位。

各种颜色的玻璃杯在阳光下反射出五颜六色的光线。他开始茫然地想象，如果脱光那个女人的衣服，感觉会怎样？她会用一种什么样的目光看自己？他又想起刚才自己在海边看到的那双眸子，那双像孩童一样散发着纯真的喜悦、闪闪发亮的眼睛。他感觉她的那双眼睛和在圣马可大教堂中跪地祈祷的信徒的眼睛一模一样。

"喂，前面到底有什么啊？"

旁边仍旧气鼓鼓的芙祐子说道。对，对啊，前面到底有什么啊？

那个女人走在几十米前方。她穿着一条长长的裙子，扭动着布料紧裹的臀部。但是，自己能做什么呢？也不能跑上前去，用力捏一下她的屁股。因为芙祐子站在旁边，笨拙地噘着嘴，气鼓鼓的。

他突然从心底里心疼妻子。

妻子总是看着他的脸色，甚至无法用表面上的怒气掩饰自己内心的焦虑。他从未对这个天真的妻子产生过充满激情的欲望。但是现在，至少他感到心疼了。

"芙祐子，别那么气呼呼的啦。"

德史突然想亲一下妻子。芙祐子吃了一惊，赶紧往后躲闪。见妻子往后退，他也没有继续纠缠。

"好了，我们赶上去吧。"

丈夫脸上浮现出微笑，迈着小碎步跑了起来。芙祐子顿时一脸茫然，望着丈夫的背影。光润的脸上闪现出的那一丝欲望，瞬间又消退了。

很快，一行四人走到一栋像小别墅一样的建筑前。下船之后一直走在他们前面的那些游客也停了下来，纷纷在门口拍照留念。

"什么地方啊，这是？"

耀子小声说了一句。这时，一个长得瘦小精悍的碧眼男子马上从里面走了出来，站在她的旁边。男子用拙劣的发音说了一句"尼豪"，露出一口白牙对耀子微笑。耀子回了一句"你好"。他清楚地看到她的视线中含着一种礼节性的媚态，于是用意大利味的英语与耀子大声交谈起来。

"他说这里是玻璃工房，玻璃工艺品制作表演很快就要开始了。免费的。我们看完再走？"

"嗯，看看吧。"

四人和其他游客一起等了五分钟左右，走进工房。

工匠表演玻璃制作工艺的时候，和耀子说话的那个男人一直倚在墙上，目不转睛地看着耀子。这一切芙祐子都清楚地看在眼中。那些男人总是盯着耀子，从旁边，从后面，从远处，从近处……就连这个外国男人也是一样。刚才丈夫直勾勾地盯着她，也没有什么奇怪。她就是那种女人。而且，芙祐子也非常清楚自己不是那种女人，也就是说，她知道自己身上缺乏那种成熟女人的魅力。个子小，上下一般粗，屁股呈四方形，双腿又粗又难看，腹部的皮肤已经松弛。丰满的胸部本来是一个可以引以为豪的优点，但在这样的体型中，也变得不好看了。她平常注意饮食，每天晚上做体操，偶尔也去跑步或者游泳，但她的体型却像一个铁铸的玩偶，似乎不用高温或者别的什么手段熔解重铸，就根本不可能改变。她的身体简直就像一个被宠坏的肥胖儿。——每当在镜子里看到自己的裸体，她就想哭。肤色白皙勉强可以说是她的唯一优点。虽然丈夫德史说他对她的身体感到满意并能获得满足，但她根本不相信他的这种话。她觉得难过。——为了不让她伤心，丈夫总是掩饰自己真实的想法。她长成这样，丈夫强行将他那无法得到满足的欲望封存了起来。芙祐子见丈夫如此体贴自己，也感到心疼，为了报答他，她尝试用各种方法取悦他。他几乎没有提过要求，但她却在性事中热情地奉献着自己。即便有时有些疼痛，但她也从未在疼痛或屈辱中屈服，只是觉得自己天生长成这样，就理所当然地应当完成这些应尽的义务。通过那些经验丰富的同性朋友对她说的话和她自己的那点不多的经历，她坚信男人和女人不可能仅靠精神层面的爱就能结合在一起。男人本能地清楚，女人也必须了解……她有这样一种坚定的使命感。为了践行这种多面而牢固的爱情，她只能专注地奉献自己的全部。——然而，话说回来，她的性欲原本就十分旺盛，根本不需要这种外力的驱动。有时她甚至产生错觉，觉得自己仅仅是为了满足自己难以抑制的性欲才跟他生活在一起，于是又感到痛苦。但是，她又觉得，自己爱他，所以才想拥有他。她有时甚至希望自己索性爱到极致，爱到无以复加，以至于由爱生厌，厌倦了他才好。这样的话，不管他给自己多少回报，她都不会再陷入没有边际的自我厌恶或没有出口的愤怒的漩涡中，无谓地浪费时间……

穿着背心、皮肤黝黑的玻璃工匠，将嘴凑近棒子的前端，吹大上面的玻璃球。男人每吹一口气，薄薄的衬衫下面的胸肌便神经质般地颤动一下。迅速变换形状的玻璃球，似乎将要落到地上摔个粉碎。芙祐子想将那个危险的、热乎乎的、柔软的球状物紧紧地抱在自己怀里，小心翼翼地抚摸它。男人灵巧地转动棒子，在逐渐变成椭圆形的玻璃上掐出一个细腰，然后从棒子的顶端把它取下来，然后举起，向观众展示。他们报以掌声，将零钱扔进工匠面前的宽口玻璃瓶中。

过了一会儿，游客被带到旁边的一个纪念品店。这里的墙上也挂着五颜六色的玻璃制品，琳琅满目。耀子走在四个人的最前面，稍微看了几眼，就立马失去了兴致。

"走吧。很漂亮，但我不想要。"

"我再转一转，看看。"

趁慎司离开的空隙，那个男向导又走到耀子身边，说要带她去一个特别的展厅。耀子问为什么，他答说"因为你长得漂亮"。耀子暧昧地微微一笑，说道："不用了。"但男子仍不放弃，坚持说那边"有一个枝形吊灯，无论如何想让您看一眼"。同样的问答重复了几次，耀子懒得再跟他纠缠，只好回答："Ok！"于是，男人毕恭毕敬地亲了一下她的手背，一眨眼工夫，便将她从后门带了出去，不见了踪影。

"看到了吗？耀子夫人跟那个人走了，不知道去哪儿了。"

芙祐子立即将这件事告诉了丈夫。男子那头黄色的鬈发与耀子令人感到压抑的乌发很不协调。

"哪个人？"

"你没看见吗？那个长着黄头发的，可能是这里的工作人员。我要去告诉慎司先生。"

德史还没来得及制止，芙祐子便已经走到慎司旁边。慎司站在一个高高的柜子前面，上面放着红色斑驳的细长玻璃杯。他看得入神，表情十分压抑。

"慎司先生，慎司先生。耀子夫人不见了。"

"啊？"

慎司吃了一惊，转向芙祐子。

"耀子夫人不在了。"

慎司恢复了平静，环视了一下店里。

"啊，真的，不在啊。"

"我看见了。这里的一个工作人员，从那边把她带出去了。"

"哦，那人肯定是想给她看一个特别贵的东西吧……可能把她当成一个出手大方的阔太太了。"

慎司一点也不慌张，将玻璃杯旁边的蓝色玻璃汤匙拿在手中，看了一下，又马上将其放回原来的位置。

"那人该不会要把什么奇怪的东西强卖给耀子夫人吧？要不要去看看啊？"

"哎呀，没事儿，芙祐子。她很快就会回来的。不用担心。"

慎司表现得一点都不慌张，这让芙祐子很不满意。自己的老婆都被外国人带走了，却表现出这种态度，这算怎么回事儿嘛？芙祐子虽然内心感到愤怒，但这毕竟是人家夫妻之间的问题，作为局外人的她只能呆呆地站在那里，除此之外也无计可施。

不久，刚才从后门走出去的耀子和那个男人，这次一起从前门走了进来。

"耀子夫人！"

芙祐子跑过去，拉住她的手。耀子面带微笑，也温柔地握住她的手。

"对不起啊。这人一直纠缠，非说要带我去看一下展厅……"

耀子用眼神指了一下站在旁边面带微笑的那个男人，然后学着这个国家的人的样子，微微耸了一下肩。这时，慎司走了过来。妻子被人拐走片刻之后，他说话的语气就像擦多了香水，散发出一种强烈的自豪感，有一种十分滑稽的意味。

"他肯定以为你很好骗啦。怎么样？有没有买个玻璃罐子什么的？"

"什么啊，怎么会。我就是跟着他去看了一下。不过那个玻璃枝形吊灯真的很漂亮。价格高得吓人。他说如果我亲他一下，他就把那个吊灯作为礼物送给我。可是，我可没那么做。"

三人笑了。只有芙祐子的眼神中冒出憎恶的怒火，瞪着那个长着碧眼的男人。

男人脸上浮现出一丝微笑。他目不转睛地盯着耀子的脖子。芙祐子马上明白了。——耀子夫人肯定亲了这个男人。而且，亲过之后，男人肯定任由欲望的驱使，任凭自己的双唇在她脖子上游走。他那淫荡的双唇，瞬间品尝到这个漂亮女人的肌肤的味道。而且，在此期间，耀子夫人的脸上肯定浮现出一贯温柔的微笑，心里想着别的事……

芙祐子再次从斜前方瞪了一眼这个无礼又好色的外国人。那双就像刚刚用香皂洗过的清澈的蓝眼睛，那晒得黝黑、宽阔而有光泽的额头，垂肩的黄色鬈发……他长得比慎司高一点，但是与穿着高跟鞋的耀子站在一起，就显得十分矮小。天这么热，他却穿着一件过浆棉布蓝色长袖衬衣，肯定是为了掩盖手腕上猥琐的刺青图案。那刺青肯定会让游客感到不快。牛仔裤包裹的大腿胀鼓鼓的，大概是有意识进行体育锻炼的结果。腿上肌肉发达，腰间系着褐色的皮带——那人是否曾把自己的手搭在上面呢？

男人发现芙祐子盯着自己，脸上浮现出谄媚的微笑，身上散发出烟味。这个男人肯定以为我是耀子的妹妹或者外甥女。想到这里，她越发感到自己受到了侮辱，明显皱起眉头。

大概是想要最后一个拥抱，将要走到出口的时候，男人突然从后面拉了一下耀子的手臂。她低叫了一声，一个踉跄，突然间胡乱抓住旁边的手臂支撑自己的身体。那是德史的手臂。德史支撑住耀子的身体。两人的视线再一次无言地碰撞。芙祐子站在他们身后，等待他们自然分开。然而，三秒、十秒、二十秒过去了，两只手臂依然挽在一起。

"阿德！"

芙祐子终于忍不住叫丈夫的名字。德史离开耀子的身体，站到妻子的旁边。

"好，我们出去吧。接下来去博物馆就行吧？"

耀子看也没看他俩，就走了出去。慎司站在建筑的前面，那里有一棵橄榄树。慎司努力伸长身子，试图摘下树上的果实。

四人走了起来。白色的公路上洒满了阳光。四人按照往常的样子，排成一列，耀子、慎司、德史，最后是芙祐子……

穆拉诺岛的玻璃工艺博物馆已经闭馆了。

四个人没有办法，只好在岛上四处闲逛，打发水上巴士出发之前的这段时间。

耀子依然走在最前面。每当她驻足看一下商店门口的纪念品或者餐厅的菜单，一行人便当场停下脚步。

　　她就像我们的女王。芙祐子看着耀子麻布衫罩住的后背上时而浮现出纤细却有力的肩胛骨，如此想道。这种女人，如果后退十年，肯定更希望和我成为好朋友……可是，很遗憾，她和我根本就不是一代人嘛！——她在心中如此感慨，颇有些诡辩的意味，是因为刚才她看到丈夫和耀子有过身体接触。她拼命地想要在脑海中形成另外一种更强烈的想象，以覆盖留在脑海中的那几十秒的画面及由之带来的不祥预感。

　　芙祐子目不转睛地用视线刺穿女王的肩胛骨，想起几个和她有几分相似的美女朋友。不知为何，芙祐子从很久以前就招美女喜欢。像肥胖儿一样的身体常年让她陷入自卑，自己的长相也令她感到十分不满。她的脸蛋圆乎乎的，有些旧时代的感觉。或许正是因为这样，她才给人一种和蔼可亲的印象。但是，鼻梁太低，嘴也太尖，与其说长得可爱，不如说有些呆傻。她的外表看起来总是比实际年龄小。她总是拼命地在时尚杂志里研究发型和着装，可是不论她将头发染成多么鲜亮的颜色，都无法完全消除她身上的土气。身边有很多时尚又漂亮的女孩，她发现那些女孩总会出现在她身旁，对她说一些好听的话，比如"和芙祐子在一起就感觉安心"、"只有在芙祐子面前，我才能展示真实的自己"。如她们所愿，老实的芙祐子也总是和她们待在一起。但是，芙祐子其实根本没有看出那些女性朋友在自己面前展示的"真实的自己"和她们在其他朋友面前开怀大笑的样子之间有任何区别。她们所说的"真实的自己"，在芙祐子看来，就是她们一贯的样子。——但是，刚才耀子夫人不是也说了吗？这个世界上根本不存在所谓的"真正的真品"。即便原本存在真品，那个真品也会随着时代的发展而在不知不觉间变成赝品……对，那些女孩所说的"真实的自己"，难道不就是这么回事吗？肯定是这样，没错……耀子作为美女的代表，她说的话肯定没错……若是如此，芙祐子就稍微可以放心了。她觉得，自从遇到耀子，原本人生中那些理不清的头绪，也变得井井有条了。

自从第一次见到耀子，芙祐子就坦承耀子在各方面都比自己优秀。她衷心地仰慕优雅、美丽、知性且温柔的耀子，没有任何诸如嫉妒之类的丑陋情感。嫉妒，会让她掉入一个无可救药的深渊。耀子本身完美无瑕，若以嫉妒为武器与之对抗，必然不堪一击。因此，她必须尽快抛弃这种情感。换句话说，芙祐子决定不与耀子为敌，同时又试图以这个"不与之为敌"的决定作为对抗耀子的重要武器。

前面的慎司突然停下脚步，蹲下身子。

"鞋带……你们先走，我很快就会赶上。"

慎司见小谷夫妻停下脚步，而且他们脸上表现出同样的不知所措，便微笑着对他们说道。

"那……"

芙祐子与丈夫并排跟在女王的后面，又慢悠悠地走了起来。他们走得很慢，甚至很不自然，耀子却似乎走得很快。然而，她的背影却越来越近。最后，德史终于走到她的旁边。就在这一瞬间，那两个人的背影突然变得遥远。

芙祐子这才终于醒过神来，原来只是自己走得太慢。

慎司系好鞋带，站起身来，出了一口气，将手掌遮在额头上。

身上汗水直流，这让他感到焦躁，他不喜欢这种容易出汗的体质。这时，他看到同行的三人已经走出了很远。看了半天，他才终于在人群中找到他们的身影。"幸好这座岛上只有我们四个东方人。即便走散片刻，也很容易找到他们……"慎司看着三人的背影，又不慌不忙地走了起来。他看到妻子和德史不知不觉间像夫妻一样并排走在一起。芙祐子独自孤零零地跟在他们后面。她耷拉着脑袋，或许也是天气炎热的缘故。

"啊，真可怜。"慎司盯着芙祐子的背影，心生怜悯，就像可怜一条被主人敷衍喂养的狗。于是，他自然而然地得出一个结论：异国他乡的土地上也存在一种绝对的不均衡，这一点与国内没有什么两样。芙祐子与他一样，都缺乏肉体的魅力。因此，按理说他应该会产生一种同病相怜

88

的感觉，但是，他无论如何也不想与这个可怜的女人联手。就像某种类型的女人一样，慎司可以站在完全客观的角度看自己，但芙祐子却做不到。这可能是他多年训练的结果，也可能是一种与生俱来的能力。

他自小就清楚自己的肉体缺乏魅力。到了青春期，这种感觉变得愈发强烈。满脑子都是人的外形，想自己的肉体，想别人的肉体。他对别人与自己身体的每一个部位逐一进行比较，试图找出自己的身体上比别人优秀的部位，却怎么也找不到。于是，他开始羡慕除自己之外的所有人的肉体，女人的肉体、空想的肉体……他们的身体上都必定有一个优点。然而，优点的分布严重失衡，这一点也是不容忽略的事实。有的肉体全都是优点，有的肉体则只有一处微小的优点，就像粘在上面的一粒沙尘，若不仔细看便无法发现，而有的肉体则连这一点像沙尘一样的优点都没有。为什么会产生这种分布的失衡？他感到愤怒。这个世界上，并非所有人都能平等地拥有美丽的肉体，也就是说"美"的数量是有限的。人们肯定在未生之时就对这种有限的"美"展开了激烈残酷的争夺。也就是说，一些贪婪的灵魂在肉体还未成形的时候就以卑鄙下流的方式取得了胜利——而且，美丽的胜利果实将他们的贪婪完美掩盖，一直到他们死亡。而那些谨小慎微的灵魂，最终生为丑陋者，就像慎司他们这样，只得垂头丧气地度过悲惨人生！

在十三岁那年冬天的一个早晨，作为对这个无情世界最激烈的反抗，慎司选择了自杀。他选定了一个自杀的地方，那是附近一栋县营居民楼。他站在八层的走廊上，看到矗立在西方天空中的远山。不知那是日本阿尔卑斯，还是富士山，还是一座不知名的大山，反正当他看到那座大山的时候，心中燃起一团强烈的嫉妒之火，让他浑身颤抖。他选择在公寓八楼的走廊上结束自己的生命，然而远处的那座大山却比这里更高，更远。这并不能怪大山本身。他没有穿鞋，站在走廊上哭了一会儿，跑回了家。从那天开始，他便开始致力于寻求和钻研平衡之术。既然这个世界起初就不均衡，那么就只有接受这个事实，在这个不均衡的世界中活下去。慎司似乎得到一个可以与任何复杂的公式匹配的魔法公式，学会以一种淡定的心态旁观这个世界。千人千面，人类的个体原本就已经变形，他或者她的个体必然有所不同，有所多余也有所欠缺。没有任何肉体的魅力，刚好证明自己与这个世界密切关联。——他无数次这样告诉自己，并对这一点确信无疑。看到别的男人，他常常会想：即便那人长着一张自己心仪的脸庞，得到换脸的许可，自己可以立即用这张丑陋的脸庞与之交换，他也绝不会那么做。这不单单是出于自尊，也因为他已经认可这个世界的分配。他对自己见过的所有男人进行了细致的观察，不管是电视上的还是杂志上的，不管是同学还是老师，最后得出一个客观的结论：肉体上的欠缺可以用别的东西弥补，根本没必要成为真正的魅力男性，只需为自己制造一种魅力男性的气场即可。

慎司花掉二十岁之前的最后几年的工夫，为自己获取这种气场做准备。为了走上一条最便捷也最为确定的道路，他拼命地学习，如愿以偿地考上了一所著名的私立大学，毕业之后进入一家外资咨询公司，在那里积累了人脉，然后独立创业，开了一家属于自己的小公司。他穿着有品位的衣服，开着有品位的汽车，拥有了不错的经历，终于如愿以偿。气场一点点地显露出来。这种气场产生的作用之一，是让他开始受女人欢迎。他长得的确难看，个子又矮，但那些女人与他交往时，却装作根本没有注意他的这些弱点（至少在他的面前如此），只是一味地赞赏他。慎司尽量选择与美女交往。如果有一个女人比他现在正在交往的女人更漂亮，他便会毫不犹豫地将这个新出现的美女弄到手。现在，他几乎已经记不起自己与妻子耀子相遇的经过。妻子耀子在各方面都算得上最为上乘的美女。因此，从外表上来说，这对夫妻极不相配。但是，正因如此，他才向耀子求了婚。耀子也清楚这一点，才答应了他的求婚。他利用这种不均衡为这个世界制造出一种新的不均衡。想到这一点，他便心满意足。一方面，那些被金钱和地位吸引的女人吹捧着自己。另一方面，这个世界上还有一种男人，长得好看却没有钱，也没有工作，每天只是挣扎在温饱线上。这才是不均衡，这才是这个世界正常运转的证据。这个恼人的世界曾给幼小的他带来巨大的痛苦，而今他成功实现了复仇，伸出连指尖都修整光滑的手掌，与之握手言和。想到自己的狡狯与聪颖，他便感到心满意足，总是保持一种平和的心态。

现在，在这个异国海岛的角落里，有一个女人被这种绝对的不均衡打得遍体鳞伤。

慎司想跑到她的身边，将自己近三十年的实践经验告诉她，对她说：我们无法改变这个客观世界，唯一能够与他们对抗的方法，就是通过自己的双手让这种不均衡变得更加复杂而强大。走在前面的她丈夫，那个满脑子只想着吃、没心没肺的咖啡馆老板，他也拥有美丽的肉体。那家伙认定这个世界上有限的"美"就像自助餐台上的食物一样取之不竭，应有尽有。他就是这样的男人，而且从未想过这个世界上还有一些男人得不到这种"美"，躲在角落里默默哭泣……耀子和德史，这两人并排走在一起，十分般配。根本不用看他们的脸，只要这样看一眼他们的背影，便一目了然。然而，他们却不是夫妻。耀子的丈夫是我，德史的妻子是那个像可怜的柯基犬一样的芙祐子。他再次感到满足，脸上不由得浮现出微笑。这种状况，也是他所爱的这个世界的不均衡产生的结果之一。这时，低头走路的芙祐子突然回过头来。

"啊，吓我一跳。您在后面啊。一点儿动静都没有。"

"哈哈，这是我的看家本领，谁让我是她丈夫呢。"

芙祐子无法理解他这个玩笑的确切含义，只好暧昧地微微一笑，看了一眼耀子的背影。

　　"芙祐子，你们结婚几年了？"

　　"马上就两年了。您和耀子夫人呢？"

　　"我们大概是第八年吧。"

　　"八年……"

　　"八年真是一眨眼儿工夫啊。"

　　"你们有没有吵过很凶的架？"

　　"很凶的架……没有。"

　　"是啊，二位都那么成熟……我们俩啊，三天两头地吵。"

　　"你们还年轻啊。"

　　"我原以为我和他属于一类人，可结婚后才发现我们其实有很多不同。"

　　慎司听这条柯基犬说德史跟自己是"一类人"，十分吃惊。这个女人不是太天真，就是太自信。但是，慎司不慌不忙地冲她笑了笑，说道：

　　"哈哈哈，结婚大概就是这么一回事吧。"

　　芙祐子摆脱独自走路的不安，高兴地接纳了这个男人假装的爽朗。她用手帕擦了一下额头上渗出来的汗珠，脸上恢复了笑容。

　　"水上巴士差不多该开船了吧。再不回去，还得再等一个小时。"

慎司大声呼喊妻子。"耀——子——！"芙祐子跟着呼喊丈夫。"阿——德——！"耀子和德史回过头来。他们的脸就像多年没擦过油的铁皮玩偶，散发出暗淡的银色光芒。两人似乎都被太阳照得睁不开眼睛。

"他们走得好慢啊。"

耀子对旁边的德史说道。

两人并排走在一起的这段时间，谁都没有说话。只是默默地走着，看着落在路面上的屋顶的影子，倒映在运河中的天空的颜色，或倾斜的铁皮招牌。这种沉默与远处的慎司和芙祐子的视线在炽烈的阳光下交融，为她带来一种幸福的感觉。汗津津的肌肤变得愈发炽热，显得愈发妖娆。

"我们丢下他们好远啊。"

"他们好像让我们回去。"

耀子盯着在几米前方向他们招手的那两个人，小声说道。当她将视线转回德史时，发现他脸上浮现出一丝失望，顿时高兴起来。

"回去吧。"

德史不等耀子回答，便迈出步子。

耀子回头看了一眼刚才两人走的那条路的前方。大海的颜色点缀在一排排房屋之间，就像冒起的水泡。她感到懊恼，希望那两人能再多给他俩一点独处的时间。德史的心情也许和她一样。耀子只是想走一走，在这让人浑身发

94

软的酷暑中，在这足以穿透帽子的烈日下，与德史一起走一走。如梦一般的短暂时刻结束了。但是，其实这正是她藏在心中多年的一个梦。

看着德史和芙祐子并排走在前方，她突然认识到所谓的命运。原来，他的妻子是她而不是我啊？——她觉得很不公平。然而，这种幼稚且常见的怨念却让耀子心头莫名地产生一丝快感。因为这种感情对于高雅、冷静、远离一切痛苦与屈辱的耀子来说是新鲜的。

她微微折了一下帽檐，沿着那条洒满阳光的路往回走了起来。

四人在伸向海面的码头上等待回主岛的水上巴士。耀子和芙祐子并排坐在一起，两个男人倚着栏杆，望着前方的大海。

水上巴士靠岸的时间临近，码头上的人越来越多。芙祐子注意到其中一个男人。那人长着一头说不上是白色还是黄色的细发，在后脑勺扎成一束，他长得又瘦又高。脸庞晒得黝黑，眼窝深陷，笔挺的鹰钩鼻似乎能把薄纸片捅破。半张的口中露出一口参差不齐的黄牙。上身穿着一件褪色的格子衬衫，比例失调的长腿上穿着一条破旧的牛仔裤。

最吸引芙祐子视线的，是系着皮带的腰部。那条皮带系在一个十分不自然的位置。两人从未直视对方，但男人却好像被芙祐子的视线吸引，迅速走到她的跟前。她坐在那里，头部正巧与他的腰部位于同一水平线上。她看到他的皮带和衬衣之间冒出一个圆圆的褐色物体，直径约有一厘米，乍一看还以为那是一个小小的橡胶球。芙祐子条件反射式地垂下视线。但是，真的是那玩意儿吗？在强烈的好奇心的驱使下，她又鼓起勇气抬起视线，看了一眼近在几十厘米前方的那玩意儿。离得很近，甚至能伸手替他把那玩意儿塞进牛仔裤里。她再次垂下视线，又犹犹豫豫地瞧了一眼。——由于光线的缘故，那东西看起来不太像褐色，皮肤好像很薄，呈现出纤弱易碎的粉色。芙祐子胆子越来越大。她反反复复地盯着那个有些憋屈的物体的前端和那个男人的脸，开始拼命地猜测他的真实目的。他是故意让我看他的这玩意儿吗？莫非他原本就大大咧咧不修边幅，牛仔裤总往下滑，阴茎又实在太长，所以才会这样？男人手中拿着一本外文旅游指南，好像既不是英语也不是意大利语。他偶尔会像她们的丈夫一样将视线转向大海，在耀眼的阳光下眯起眼睛，看一下驶近的水上巴士。芙祐子想了很久，还是想不明白。如果他的真实目的在于暴露，那他竟如此轻而易举地达到了目的。那玩意儿就在芙祐子眼前，她看得清清楚楚。然而，他的脸上却并没有表现出一丁点心满意足的样子。为了确认自己的猜测，芙祐子再次抬起视线，看了一眼男人的脸，顿时大吃一惊。他既没有看大海，也没有看旅游指南，而是目不转睛地盯着她。芙祐子一下子慌了神，而且将自己的慌张全都写在了脸上，僵直地坐在那里，甚至无法再次垂下视线。但是，她逐渐发现，即便两人离得这么近，男人明明看到她惊慌失措，表情也没有丝毫变化。他的脸上既没有表现出喜悦也没有表现出失望。他还在等待。芙祐子终于意识到坐在自己身边的另外一个女人。对，为什么没有早想到这一点？男人看的不是我。他如此耐心地等待，其实是——在这种情况下，最令他期待的，是旁边那个女人的慌张与厌恶的神情。只有这一种可能！

芙祐子转回视线。在高出腰部一大截的位置，她看到牢牢系在那里的腰带。橡胶球不见了。她混乱极了。然后，一股强烈的屈辱感袭来。她不得不站起身来，拨开拥挤的人群，跑到丈夫身边，盯着远处开过来的水上巴士，眼神中充满了鄙夷。这时，她感到一阵眩晕。

水上巴士的船夫将绳子甩向码头，这时芙祐子回过头去，看到那个男人仍然站在耀子面前。莫非刚才只是我的错觉？如果不是错觉，那么那女人是否已经发现？男人打算等到什么时候呢？耀子低着头，芙祐子从这边看不到她的表情。"San Marco！"船夫喊了一声，耀子立即起身。慎司举起手来，示意她到这边来。但是，在她被丈夫的视线捕捉之前，芙祐子就已经捕捉到她的视线。

耀子看到芙祐子，平静地冲她微笑。

仅从这一点，芙祐子就全明白了。所有的一切都被她看到了。

　　四人回到主岛，在一家既有情调又有人气的比萨店吃了午餐，然后登上圣马可广场的钟楼。到了下午，阳光变得愈发炽烈。在阳光下闪烁的亚得里亚海、浮在海面上的岛屿、聚集在码头和圣马可广场上的人们、橙色屋顶的房子等，站在钟楼上一览无余。耀子罕见地发出欢呼声，欣赏着这充满异国情调的景色，感受着凉爽的海风。男人们饶有兴致地看着安装在角落里的电话，想象着或许有人会在这么高的地方产生一种要与家人联系的冲动，不禁感到有趣。看到翻译成滑稽日文的解说词，他们也笑得合不拢嘴。芙祐子只拍了三张照片，一直沉默不语。而且，就连这三张照片，她也在等下行的电梯时删掉了。

　　四人从钟楼回到地面上，又坐着水上巴士，前往在钟楼上看到的对岸的教堂。即便走在纯白的大理石砌成的华丽教堂中，芙祐子也没有像往常那样发出“游客的欢声”。她脑子里想的全都是在码头上暴露的性器，耀子看到她盯着那个性器时冷冷的视线。她感到羞愧难当。那时为什么没跟旁边的耀子说句话呢？对她说句“这个人……”或者“喂……”之类的，接下来只要做出一副为难的样子盯着耀子就好了。这样就能确定刚才不是自己的错觉。然后，耀子会帮她摆平一切。虽然每次芙祐子与耀子视线交汇时，耀子总是在对她微笑，但芙祐子却总感觉那微笑中含着耀子式的优雅嘲笑。不管怎样，那个男人的目标是耀子，是自己自作多情了。而且，自己还那么好心，设身处地地猜测那个男人的真实目的，猜测自己是否让那个男人得到了满足……还有，最让她感到羞辱的是，耀子默默地看到了整个过程。自己被人看到了，整个过程都被人看在眼里。在码头产生的那种眩晕感再次扭曲了芙祐子的视野。她仿佛看到从晒热的海面上冒起的水蒸气狂笑着朝自己扑来。——然后，她突然明白了。对，我被人当成了大傻瓜！当我是大傻瓜、大傻瓜！耀子、码头上的那些男人、男向导、早餐餐厅里的那个少年、来这个岛上旅游的各国游客，都瞧不起我！

　　要发自内心地仰慕耀子。——芙祐子在那个玻璃工匠的海岛上做出这个决定，可是还没过几个小时，她已经彻底认识到这无论如何也是不可能做到的。如此一来，芙祐子便开始讨厌耀子的一切——到现在为止她亲眼所见的耀子的行为、她在餐厅里对待自己的方式、随便敲人家膝盖说什么可以治晕船、别有用心地盯着人家丈夫……不，不是现在开始，而是从一开始。原本自己也不喜欢像她这样的人，却又因此觉得羞愧，才一直掩饰自己内心真实的想法。但是，现在她想要挺起胸脯，称赞自己直面并坦承这种厌恶的勇气。她突然感觉自己一下子成了人类的代表，虽然脸上没有表现出来，心里却高兴极了，头顶的乌云仿佛突然散去，一下子晴空万里。

　　另外三个人当然也注意到芙祐子的沉默。平常芙祐子

99

的脸上总是挂着一种傻乎乎的亲切笑容，但现在却好像突然变了一个人，一脸严肃。

"芙祐子，怎么啦？又晕船了？"

耀子弯下身，让自己的视线与芙祐子保持在同一水平线上，问道。芙祐子现在已经受不了这种假惺惺卖人情的安慰。

"不是，没关系。"

"是中暑吗？"

"不是。"

"可是……"

"我一直都这样，不用在意。"

耀子与慎司互相看了一眼，脸上明显浮现出为难的表情。芙祐子拉了一下德史的胳膊，使劲抓住他。

"喂……"

德史试图若无其事地躲开妻子露骨的身体接触，但芙祐子的胳膊却像爬山虎一样缠住他，怎么也不松开。没有办法，他只好保持这种姿势走了起来。在教堂里走了一圈，然后走向码头的时候，她也紧紧地贴在他的身上，不愿松开。

这时距下一辆水上巴士抵达码头还有十多分钟的时间。为了打发时间，慎司取出相机，让妻子站在教堂前，指点她摆出各种姿势，拍起照来。

"喂，出什么事啦？"

德史见妻子低头不语，问道。但是，妻子却不回答。

　　"芙祐子，怎么啦？如果身体不舒服，就回酒店休息？"

　　"才没有身体不舒服。"

　　"那有什么不满意呢？"

　　"没……"

　　"我做错什么了吗？"

　　"不是。"

　　"那……"

　　两人说不下去，漫不经心地将视线投向正在拍照的榊家夫妻。在强烈的阳光下，耀子摘掉了眼镜，脸上的微笑虽然冷冰冰的，但依然很美。每当丈夫提出什么要求，她便皱起眉头，按照他的指示摆出各种姿势。

　　"没什么。"

　　芙祐子咬住嘴唇，更加用力地抓住丈夫的胳膊。

　　"不可能没什么啊……"

　　"真的没什么，现在……我说没什么，就真的是没什么啦。"

　　"那就好……"

　　不久，榊家夫妻拍完照回来了。

　　水上巴士到岸，他们乘了上去。水上巴士像一口盛满玻璃碎片的大钵，朝着闪耀的大海出发了。

　　慎司和德史在聊天。两个女人稍微隔开一段距离，各自坐在绿色的座位上。一人隔着太阳镜盯着渐渐远去的白色教堂，另外一人目不转睛地盯着前排座位靠背上的涂鸦，上面有四个肉眼几乎看不到的字母"cunt"……

那天晚上和前一天正好相反。也就是说，榊家夫妻外出了，而小谷夫妻则留在酒店里没有出门。

"芙祐子怎么啦？从中午开始就无精打采的。"

慎司和耀子坐在造船厂附近的一家小餐厅里。餐桌上放着一个食物拼盘，上面摆放着一些橄榄、零碎的油炸食品和醋渍鱼片等。

"是啊，好像突然不说话了……"

"该不是你说了什么不该说的话吧？"

慎司的脸上浮现出一丝微笑。

"我？……没有啊。"

"那是因为我吗？"

"你在穆拉诺岛上和她在一起走了一段时间吧。那时你该不会别有用心地跟她说了一些什么话吧？"

"我？怎么可能嘛。我只是想让你们俩单独多待一会儿而已。"

"我可不想看到像她这样的女孩受伤流泪。"

"可是，对于芙祐子这样的女孩，这也是一种幸福啊。起伏不定的情绪，就好比是活着的证据。"

"你怎么知道？"

"如果这不算是一种幸福的话，那这女孩的人生就太惨了。"

"真过分……"

然后，服务员把菜端了上来，两人默默地吃了起来。主菜还没端上来，他们就已经喝光了一瓶白葡萄酒。盛着一整条香草蒸鱼的盘子端上来之后，慎司点了一杯苏打水，咕咚咕咚地一口气喝光，然后紧紧地盯着耀子。耀子此时已有几分醉意，有些潮润的眼睛盯着站在送餐台前切分蒸鱼的男服务员，眼神中含着几分温柔的忧伤。慎司知道妻子已经发现自己的视线。但是，她却视而不见。

这种无所事事的时间已几乎变成两人在无意识中培养出来的一种婚姻生活的章法，所以，他们现在也没有什么特别要说的话。但是，今天晚上，慎司比往常更加深情地看着妻子的侧脸，突然在她脸上发现一种以前没有的奇怪印象。具体说来，一直以来他都能在妻子的眼中看到嘲笑与无奈，而现在他看到的却是恐惧。这是一个惊人的发现。这说明，妻子之所以不看他，并非因为鄙视和讨厌他，将他看作一个轻浮的俗物，而有可能是因为害怕。莫非她是因为恐惧而发抖，不敢与他对视，才故意转开视线，像这样茫然地盯着那个秃顶男服务员的指尖或裹着盐巴和香草的死鱼吗？

慎司开始怀疑，内心对妻子产生一种强烈的不满，还有愤怒和不甘，连他自己都感到惊讶。然而，当蒸鱼被完全等分，连搭配的蔬菜都完美地放在盘子里端到面前的时候，这两种感情都消失得无影无踪，只有胜利的陶醉华丽地留在心中。

"我说你这人啊……"

慎司看到妻子恋恋不舍地盯着服务员推着送餐台离去的背影，试图再折磨一下她。

"你总是这样，装出一副为可怜的女人代言的样子，但你所做的一切都不过是肤浅的欺骗。"

耀子抬起头来，一脸忧郁，却并不看慎司的眼睛，只看了一眼他的下颌。

"吃饭啦。"

"而且，你的缺点就是，你明明知道在像我这样的人面前很容易被识破，却故意装出一副一本正经的样子。"

"你这是在说什么呢？"

"接着刚才的话题说啊。你刚才不是在听吗？像我这样的人才是跟芙祐子站在一边的。我们都是这个不均衡的世界的受害者，都是弱者，不是你们这种天生的胜利者。我们必须努力去争取别人的爱。因此，我们要从内部和外部观察自己，看别人怎么想自己和看自己，然后仔细地调整自己的多余和不足。芙祐子虽然还比较稚嫩，但她已经做得不错。你看到她看德史君时的那种眼神了吗？多么令人心酸啊。她拼命地努力，就是为了获得更多的爱。像你这样的人，听到这个世界上竟然有人为此努力，都会很吃惊吧？"

　　说到这里，慎司停下来，等待耀子的回答。耀子轻轻地抿了一口玻璃杯中的白葡萄酒，冰了一下嘴唇，盯着桌面说道：

　　"我不觉得芙祐子在进行你说的那种努力……她原本就是那种人，我很羡慕她。但是，有时候看着她那样子也着急……她太天真、太纯洁了……"

　　"你怎么想都没问题。但是我认为不能小觑她的努力。虽然有时即便付出努力也不会得到回报，但我们却能得到最低限度的相抵物。所以我和你结了婚，她和那个好脾气的帅哥结了婚。这就够了。我和她都成功了。"

　　慎司喝了一口葡萄酒，观察妻子的表情。没有任何变化。

　　"但是，正因为我们知道这种努力很不体面，是一种见不得人的阴暗执念，所以我们都极端讨厌我们的同类。其实我们也很讨厌我们自己。为了逃离自己，言不由衷地溜须拍马的大脑必须时常找到另外一个人，确认自己并没有自己想象的那么丑陋。如果我们不这么做，就根本没法活下去。我们这类人就是这样天真。"

　　"但是，我觉得你可比谁都喜欢你自己啊。"

　　耀子盯着丈夫的眼睛，说道。

　　"我觉得你不需要任何人，任何时候都表现出强烈的自尊心，并凭着这种自尊心的力量朝自己的目标前进。"

"嗯，的确，我为自己感到骄傲。但是，这和自尊心根本不是一码事。自尊心这东西，实在荒谬，它不过是胜利者为了安慰失败者而制造出来的词汇，里面充满了虚情假意。我连提都不愿提这个词。但是，芙祐子身上还残留着这种乳臭未干的情感。她之所以会突然变得沉默寡言，就是因为你们这种人强加给她的自尊心产生了恶劣的副作用。"

"但是，自尊心也很重要啊。"

慎司大声笑了起来。周围餐桌上的欧美人皱起眉头，盯着他们。

"自尊心这种东西，像你们这种人，吃得津津有味，我也真想尝尝是什么滋味。也许吃着吃着就会觉得好吃了吧。"

"我不明白你的意思。"

慎司似乎有些意外，但脸上的这种表情转瞬即逝。他马上端起酒杯，一口气喝光杯子里的葡萄酒。服务员马上走过来，默默地把酒水单递给他。他随便指了其中一种，然后服务员很快又端上来一瓶酒，将红色的液体倒进两个大玻璃杯中。

"Grazie，grazie①！"

满脸通红的慎司心情很好。但耀子却怎么喝都没有一

————————

① 意大利语，谢谢。

106

点醉意。今天晚上，她无法像往常一样泰然自若地接受周围投来的好奇目光，感到坐立不安。我俩在别人眼中一定很奇怪吧。庸俗的丈夫和冷峻的妻子，般配的夫妻……对，除了这种关系之外，他们什么都不是……

耀子不再将手中的玻璃杯送到嘴边，而是隔着葡萄架的缝隙，仰头望着夜空。上弦月高挂在南方的天空上，一颗星星也没有。

"大老远地跑来这里……我有时候真受不了……就是为了配合你的这种游戏。"

"不，你肯定也乐在其中。因为你很空虚。"

耀子无法反驳。她的确很空虚。

"我不会跟德史先生上床的。"

"不，肯定会的。你也在期待。"

"即便那样，我也绝对不会在你的指使下跟他上床的。"

"为什么？这种机会多难得啊！他比以前的那些男人更配得上你！"

慎司突然大声吼道。一对年轻情侣正在旁边的餐桌上吃饭，其中的女人吓了一跳，不小心把盐罐摔到了地上。

耀子见丈夫那张像肿瘤一样浮肿的脸庞因为兴奋而变得丑陋扭曲，试图回忆他所说的"以前的"那些男人，却怎么也想不起他们的面孔。两人结婚之后，夫妻之间不再有床笫之欢。那之后过了不久，他便开始积极地为她介绍男人。耀子从中感受到明显的暗示，便接受那些男人的邀请，和他们去吃饭或者旅行，有时也去人们常说的那种宾馆，但从未越雷池一步。男人们的反应是各种各样的。有的男人大发雷霆，有的男人哭着苦苦哀求，也有的男人即便在被她拒绝之后，依然像什么都没发生过一样，回到之前的话题，继续跟她聊天。耀子十分清楚，他们的婚姻基础根本不是什么爱情，而是虚荣。丈夫为了进一步满足他的虚荣，试图让她和他帅气的小兄弟们上床。耀子非常清楚这一点。为了对抗丈夫，她绝不与他们上床。对于这种被安排的情色游戏，她有时乐在其中，有时徒感空虚。

"说实话，你到底想要什么啊？"

丈夫的脸因急躁而变得僵硬。耀子凑近，甚至能感受到他的呼吸。她紧紧地盯着他的眼睛，问道。短短几秒钟过后，慎司的眼睛里再次闪现出光彩。

"我觉得我们之间太纯洁了。"

"你是在说做爱吗？"

"很多，但基本上算是。"

耀子用食指按住太阳穴，不再说话。慎司抓住这个好机会，一脸得意地说了起来。

"我觉得我们就像现在这样，也没什么问题。偶尔也会像昨天那样发生那种事。但这样的话，我们就会干枯。我们必须保持生活的滋润。即便有些腐烂或变臭，也比走向干枯要好。"

"说这种话竟然不嫌害臊……"

耀子瞥了丈夫一下，垂下视线，皱着眉头闭上眼睛。过了一会儿，又突然睁开眼睛，语速很快地说了起来。

"这对于你来说或许很重要，但我完全不懂。如果你想在性方面得到滋润，随便去找别人好了。我绝不干涉。"

"你不生气？"

"生气才怪。"

"这才是真正的你。你是我的女神。只是，我觉得，你作为我崇拜的女人，有点过于纯洁。我想让我俩都变成我所期待的那样。"

"我跟你玩不起。如果你想那么做，不用顾虑，随心所欲地去做不就好了？"

"不是，不是我。我已经得到了充分的滋润。问题在你，包括你在内的我。"

"那你知道我想要的是什么吗？"

"你想要的是快乐。"

在八年的婚姻生活中，丈夫的话第一次打动妻子的心。

耀子缄口。慎司见妻子沉默不语，滔滔不绝地说了起来。

"哎，对吧？表面上虽然一本正经，但你毕竟也是个有血有肉的人。你应该想变得更快乐，更享受。所以我才策划了这次旅行。这一定是个好机会。我希望你变得和我一样滋润，享受人生，免得亏了你这天生的漂亮脸蛋和身体……这次旅行是为你一个人安排。对，我花这么多钱与时间，从日本千里迢迢来到这里，就是想把爱妻的第一次婚外情打造得无比浪漫……你明白我的想法吧？"

慎司使劲盯着妻子，催促她回答。耀子受不了这种无形的压力，抬起视线与丈夫对视。桌上的烛火映在湿润的眸子里。

慎司吃了一惊。此时的耀子和她外甥女太像了。

"你这么说，你……"

耀子的眼泪夺眶而出。

"你说你知道……"

妻子从摇曳的烛光对面投过来的视线，不知不觉间与那个小情人的身影重叠在一起，让他想起很久以前的一次邂逅——说是很久以前，其实也只是一年前，是在一次婚宴上的邂逅。

耀子二十九岁的妹妹和一个长得面善微胖的大学讲师在轻井泽的教堂中举行婚礼。除了这个当新娘的妹妹，耀子还有一个远嫁他乡、比她大一旬以上的姐姐。婚礼之后的宴会上，慎司耀子夫妻与耀子的母亲和姐姐坐在一张桌子上。耀子爱说话的姐姐没有和丈夫一起来，而是带来一个长得瘦弱白皙、穿着校服的女儿，坐在她旁边。不知是亲戚有意不让不拿礼金的孩子自报姓名，还是仅仅被人遗忘在一边，在婚礼前的亲属见面会上，她就只是悄然站在房间的角落，没有人介绍她。即便如此，大家也完全没有必要去确认，只消看一眼便知道她是耀子的外甥女。尖尖的下颌和清澈的眼角，都像极了她的姨母耀子而不是她的母亲。

婚宴开始之后，慎司便不停地侧目偷偷观察坐在旁边的这个少女。无论母亲和外公外婆问什么，她都只是摇头或点头作答，始终一言不发。她默默地低着头，就像在做一道复杂的数学题，用刀叉将陆续端上来的菜品分拆成小块，放进嘴里。藏青色的小西装里面穿着一件白色的连衣裙，连第一个纽扣都扣得整整齐齐，与胭脂色的细丝带互相映衬。在所有打扮得花枝招展、浓妆艳抹的女人中间，她以一种奇特的方式煽起慎司的性好奇心。讲话结束之后，耀子的父母拿着酒瓶站起身，挨个桌子给大家敬酒。慎司瞅准这个机会，试探着在桌子底下踢了一下少女的乐福鞋。她的脚缩回相反的方向。慎司没有就此罢休。要么贴上去，要么轻轻地踩一下，最后甚至还灵巧地用两只脚夹一下少女的脚。就这样，当桌子底下的攻防战变得越来越大胆的时候，会场突然变暗，换好衣服的新郎新娘开始为各个桌子点蜡烛。然后，当他们桌子上的蜡烛终于要被点着的时候，女孩像是终于鼓起勇气，抬起头来，紧紧地盯着慎司。燃烧的蜡烛火焰在那双和姨母耀子长得很像的美丽眸子中来回摇曳。

两天后，他们发生了关系。

慎司问她年龄时，她说十七岁，慎司真的有些犹豫。但一旦开始便欲罢不能。第一次她叫得很厉害。他不得不从头至尾温柔地按住她的嘴。结束之后，他拿床头的水给她喝，粘在手指上的鲜红血液弄脏了透明的玻璃杯。慎司战战兢兢地低头一看，发现她正无声地哭泣。但是，她很快就习惯了，并开始忘我地投入其中。在几天之内，慎司在这个没有经验而又贪婪的年轻情人身上获得了一种在以前的女人身上从未得到过的新鲜快感。为了继续享受这种快感并追求到极致，他在市中心的公寓里租了一个单间公寓，配了一把钥匙交给她。放学之后，少女便去那个房间等着他来。她有时会给他带一些自制的饼干或者蛋糕，然后穿着制服骑在他的裸体上吃点心，也喂他吃，沾着鸡蛋和牛奶味的舌头激情地亲吻他的身体，强行将他那里导入自己的身体，在体内激烈地摩擦。

　　只要给她一个技巧娴熟的吻，她就像一只发情的野猫，如饥似渴地要他的身体。这个少女让慎司觉得有趣。两人每天都会见面。慎司每次都想今天就结束这种关系，但第二天又会重复同样的事。一开始他曾感觉到的那种新鲜的快感，当然也随着时间的流逝逐渐稀释，但这个少女的确有一段时间让他感到非常满意。他自然而然地联想到妻子耀子的少女时代，觉得那时她或许也是这样。这个长得漂亮却不爱说话的瘦弱少女的激烈情欲，让他产生一种罪恶感，同时也给他带来刹那的满足。第一次见面两天后，他便夺去了这个还没有怎么和男人交往过的少女的童贞，工作也扔到一边，每天沉浸在任性的性事当中。他开始认为自己是有史以来最野蛮的男人。终于，他确信自己马上就要得到期待已久的"情调"。但是，很快他便发现一个问题。而且，当他发现这个问题的时候，已经太迟了。

不知是在第几次性事之后，他站在洗手间里面照镜子，发现自己脸上长了一个脓包，大概有无名指的指甲一半的大小。早晨刮胡子的时候还什么都没有的右侧脸颊下方起了一个脓包。泛红的轮廓中央藏着白色的脓水，就像一种不吉利的印记，影响整张脸的印象。他慌忙将脸凑近镜子，用指甲戳了几下。就在短短的几分钟时间里，那个白疙瘩却好像变得越来越大。慎司回到房间，那个赤裸躺在床上的少女猛地坐起身来，用一种乞求原谅的眼神盯着他。她的右脸上也长了一个白色的脓包，和刚才他在镜子里看到的那个一模一样。他知道他们的关系终于要结束了。"过来。"他一直想要得到那种成功男人自然而然地流露出来的"情调"，但他在这段关系中得到的却是一个丑陋的脓包以及像烤半熟的甜腻巧克力蛋糕那样棘手的少女的感伤。"喂，我让你过来！"少女说道。可是，慎司匆忙穿上衣服，走出房间，决定以后再也不回这里了。以前和他上床的那些女人，都像雌鸟下蛋一样准确地为他带来他期待的快乐，但那个少女却非但没有为他提供一个哪怕是残缺的蛋，甚至还希望他本人为她下蛋。这样一来就完全颠倒了。——他没有打算将自己辛苦收集来的颓废气息与情调的原料分给任何人，哪怕是一丁点儿。从这天开始，他就永远没有理由去见这个年轻的情人了。

"Finito①？"

这时一只长着浓密毛发的手伸过来，慎司回过神来，抬头一看，只见男服务员正要撤下空盘子。对面耀子盘子里的食物还剩下一大半，但她却示意服务员把自己的盘子一起撤下去。

过了一会儿，刚才那个服务员又端上咖啡和一盘奶酪，耀子淡淡地讲起她对白天参观的教堂或街景的印象。

这时，小谷夫妇正并排躺在加布里埃尔酒店的床上看电视。

电视里正在播放足球比赛。在碧绿的草坪上来回跑动的运动员的画面之外，意大利解说员正在进行解说。分不清是一个解说员在说话，还是十几个解说员在一起说话。解说员的语调急速，仿佛根本顾不上喘气。

"Fuorigioco 是越位的意思。"

德史翻着手头的一本简易意大利语词典，小声说道。

"Gioco 是球赛的意思，giocatore 是球员的意思。"

---

① 意大利语，结束了。

一个穿着运动装的球员在中央的白线附近迅猛地划出一个梦幻般的优雅弧线,踢了一个长传球,将球传给球门附近的球员。足球场中响起一阵欢呼。七号球员用脚尖轻轻顶了一下那个长传球,让足球落在地上,来不及喘口气便抬起左脚。就在这一瞬间,解说员叫了起来。Fuorigioco pero!

"Pero 是'但是'的意思。意思也就是说:但是,越位了。"

比赛已经进行了快三十八分钟。在此之前的三十七分钟里,德史已经发现旁边的芙祐子一直默不作声。即便是决胜时刻的射门,足球撞到柱子上偏离了轨道,她也没有发出"啊!"之类的惊叫。四十五分钟过了,补时三分钟。在这三分钟的时间里,两队都曾有一个进球机会,但前半场最终仍以双方都未进球而告终。

Gioco……giocatore……fuorigioco……德史一边小声嘀咕着,一边翻着单词本。Gioco…… giocatore……fuorigioco……

"阿德,也别总靠人家耀子夫人和慎司先生,你自己也做点事不行吗?"

德史感觉到她的视线,侧过头去,发现芙祐子的眼中燃烧起怒火。他合上单词本,默默地放在床头桌上,走进浴室,放出憋在体内的水分。在洗手的时候,顺便漱了一下口,然后把水吐出来。吐出来的水有点酸酸的味道。

“我们就跟他们的累赘似的。”

德史刚从浴室走出来，就听到妻子掷过来这么一句话。他没有理会，仍像刚才那样躺在床上，感觉妻子圆鼓鼓的身体也散发出那种酸酸的味道。他手里闲得无聊，又拿起放在桌上的单词本。但是，单词本马上便被没收了，他手里又没有东西了。

“我总觉得这次旅行怪怪的。”

德史做好心理准备，将身体转向妻子。

“冷不丁的，说什么呢？什么怪怪的啊？”

“不知道，反正就怪怪的啦。阿德，你没有感觉出来吗？反正很奇怪……感觉很不自然。”

“哪有啦。肯定是因为我们和慎司先生夫妇不太熟，所以在一起的时候会有些局促吧。我完全不在意啊。”

“阿德，你啊……可是我不一样。”

“肯定是你想太多了。他俩不都挺好的吗？他们也都很喜欢你啊。”

“只是表面上啦。但还是很奇怪呀。我们只合作过一次，怎么会请我们住这么豪华的酒店？”

“不是他们请啊。只是便宜了一些而已啦。而且机票也是我们自己买的啊。”

“但是，我们又没见过几次面，就邀请我们一起来旅行，还是奇怪啊。”

“什么啊，慎司先生每天都来店里喝咖啡啊。芙祐子，你这是怎么啦？难道是感觉人家不喜欢你了？”

“不，不是那回事儿……”

“你只是不习惯而已啦。我们几乎相当于免费住进高级的酒店，好好享受一下吧。前不久你不是还说很幸运么，那么高兴……说这辈子就想去一次威尼斯……瞧，后半场马上就要开始了。芙祐子，你支持哪个队？”

“哪个队也不支持。”

“那我支持那不勒斯队，你就支持切沃维罗纳队吧。”

“我不支持啦。”

“Fuorigioco pero...”

后半场比赛开始之后，两人也都不再说话。只有德史由于刚刚记住一个意大利语单词，打算在进球的时候用一下，因此看到那不勒斯队领先进了一个球的时候，就用意大利语喊了一声：“Magnifico①！”

很明显，妻子现在心情不好。这种事也是经常发生的，德史不想与她纠缠，打算看完这场球赛，看到他今晚喜欢的球队获胜，高兴一下就睡觉。第二天早晨睁开眼睛，等待自己的又是那随便吃的早餐。他准备明天也大吃一顿。

“阿德，你在想什么呢？”

德史的身体稍微有些紧张，但视线却没有从电视上转

---

① 意大利语，真过瘾。

开。"想什么呢?"这是妻子表达自己"心情真的很不好"时最喜欢用的一句话。说起来令人难以置信,天真的她在生气的时候就喜欢这种令人郁闷的方式。一点点地将他逼到绝境,将他制服,逼他投降。

"什么也没想啊。在看比赛。"

"说谎……阿德你也很奇怪啦……和平常不一样。"

"那当然啦,我也很久没来国外旅游了,现在和在东京工作的时候当然感觉不一样啊。"

"我不是那意思。你好像总是心不在焉的,不管我说什么,你都好像没有在听。"

"你才是心不在焉,很奇怪呢。今天中午之后,你是怎么啦?那么明显表现出不高兴的样子,耀子夫人都担心了。"

听到德史说出耀子名字,芙祐子的脸色顿时变得非常难看。似乎这就是所有问题的关键。她小声说道:

"耀子夫人……"

"耀子夫人怎么啦?"

芙祐子慢慢地眨着眼睛,沉默了一会儿。然后偶尔抬起头来,就像在寻找什么错误,瞪大眼睛盯着他的脸。

"什么啊?我要睡了。"

"不看比赛了吗?比赛还没结束啊。"

"肯定是那不勒斯队赢。"

德史将手伸向遥控器,关掉电视机的电源。但芙祐子马上将遥控器拿了回来，又打开电源。

"比赛还没结束呢。我支持切沃维罗纳队。"

德史有些不高兴，盯着妻子的眼睛。她那双眸子的深处闪现着一种冷冷的光芒，与平常自己熟知的那种温顺完全不同。

"什么啊，我累了，要睡了，明天还要早起呢。"

"是耀子夫人啦……"

"你一直盯着耀子夫人看。而且，耀子夫人也……"

"我没有啊。"

"所以一直都很奇怪。你肯定对耀子夫人有什么想法。昨天你跟我做的时候，都没看我的脸……你肯定在想耀子夫人吧？"

"怎么可能……"

"做爱的时候，你肯定是把我当成了耀子，所以持续的时间比以前都短。和平常不一样，你昨天很着急。"

"芙祐子，差不多就行了。我很困，你应该也累了，今天我们早点睡吧。"

"竟然把我，把我当成耀子夫人！"

芙祐子不由分说地趴在丈夫身上，疯狂地亲吻他的唇，一只手掀起丈夫的 T 恤衫，另一只手伸进他的平角内裤里，就像抓住地狱最深处的救命绳索，用力握住软塌塌的阴茎。听到德史痛苦地呻吟，她也不停手。两人双唇交汇，身体扭动挣扎。不久，他的阴茎逐渐硬起来，达到她

119

熟悉的那种硬度。芙祐子张开大嘴,疯狂地亲吻丈夫上颌、下颌和耳朵。"你把我,把我当成耀子夫人!"她滑动着舌尖,歇斯底里地重复着这句话。但是,当她撩起睡袍脱下里面的内裤,正要将丈夫的阴茎塞进自己那团湿润的肉中的时候,突然发现,他已经软了。

芙祐子抬头瞪着丈夫。他将一只手放在脸上挡住自己的表情。芙祐子一边用手撸着丈夫的阴茎,一边用舌头亲吻。但无论她怎样卖力,那里都没有任何变化。

芙祐子松开口,伏在留有肥皂香味的性器上哭了起来。

第二天早晨,德史第一个到达餐厅。芙祐子虽然已经起床,却没有跟他一起下来。榊家夫妻一起出现在餐厅入口的时候,他已经是第二次去取餐了。盘子里盛满了奶酪、厚片火腿和小小的白面包。

"今天也精神不错啊。"

耀子说完,脸上露出微笑。德史紧紧地盯着她。他的妻子憎恨这张漂亮的脸蛋。因为这张脸,她昨天趴在床上哭了。但他有时比芙祐子本人更了解芙祐子这个人。她对这张脸不仅心存憎恨,而且还心存贪欲。

"嗯,我饭量大得很。"

榊家夫妻脸上浮现出一种既似惊讶又似鼓励的微笑,问他坐在哪里,然后三人排成一排,坐在之前他们坐的那张餐桌上。

"芙祐子怎么啦？"

榊家夫妻向服务员点了红茶，没有立即去取餐台取餐。"你倒是赶紧吃啊。"德史心想。他也不理会两人的视线，不停地将盘子里的食物放进口中。

"身体稍微有点不舒服……"

"昨天果然还是有什么事惹她生气了吗？"

慎司说道。因为昨天喝酒太多，他那凸出的眼睛里布满了血丝，原本厚实的脸颊就像溺死的尸体一样浮肿丑陋。德史不愿直视那张脸，垂下视线回答。

"不是，她说没什么事。她总会这样，每个月都会有那么一次。她自己也控制不住，稍微休息一下就好了。"

"噢，那就好……"

"今天可能一天都会待在酒店里休息。休息一下，精神好了，肯定又跟没事儿人似的出来跟我们会合了。"

"是么。可是，也千万不要勉强。"

"嗯。对不起，让你们担心了。"

红茶端上来之后，两人也始终没有起身。德史逐渐焦躁起来。盘子里的食物越来越少，这样又得跟他们说一声"失陪一下"，去取餐台取餐。耀子在红茶中加了糖，然后用勺子来回搅拌。她的指甲做了美甲，涂成了一种水润的樱花色。放下勺子之后，她也不喝红茶，抓住杯子的把手在茶托上缓缓地转了起来。她这种装模作样的动作让德史感到愈发焦躁。

"今天怎么安排呢？"

慎司打开报纸，问道。

"这……"

为了掩饰自己的真实想法，德史暧昧地微笑了一下，然后喝着橙汁，趁夫妻俩不注意的时候瞥了一眼取餐台。服务员端着一个冒着蒸汽的银色瓷盘走了过去。那到底是什么呢？

"耀子，你有什么想法？"

"嗯……我想去圣马可广场的咖啡馆休息一下……"

服务员站在取餐台前，打开银色的盖子，用端来的新瓷盘换掉里面的那个瓷盘，然后离开了。附近的那个欧洲少年，就是他们每天早晨都会看到的那个橙色头发的少年，立即拿起 U 形夹子，打开银色的盖子。原来是西式炒蛋。很快，少年的盘子里便盛满了蓬松的黄色炒蛋。这时，那个严厉的母亲又走过来，盯着儿子的餐盘发起火来。少年逃也似的跑着回到院子里的餐桌上。

"要不这样，上午去美术馆，中午过后在圣马可广场的咖啡馆听听音乐，休息一下……那时再和芙祐子联系……如果可以的话……让她来跟我们会合……然后……"

还没听耀子把话说完，德史便说了一声"失陪"，站起身来。他的盘子已经空了。

走近取餐台，又取了一个新盘子，将刚做好的炒蛋满满地盛到盘子里，形成一个圆锥形。然后又取了火腿、香肠和奶酪等，放在炒蛋的周围。这时，他突然感觉到一道视线，赶紧抬起头来。刚才跑出去的那个少年坐在院子入口处的餐桌上，将叉子插进炒蛋里，盯着德史。正当他准备冲他微笑的瞬间，另一个身影映入眼帘。脸色苍白的芙祐子坐在少年旁边的餐桌上，用吸管喝着番茄汁。

"我们的桌子在那边。"

德史走过去，说道。但芙祐子依然面无血色，沉默不语。

"别在这儿一个人吃，去那边吧。"

她摇了摇头。

"还在为昨天的事生气吗？……"

芙祐子的脸正好与他的盘子位于同一高度。

瞬间，德史产生了一种冲动，想揪住妻子的脑袋按进那团黄色的炒蛋中。就在这时，他感到一种许久不曾有过的强烈性欲从身体的内部涌上来。但是，当他看到芙祐子将匙子放进什锦水果碗中舀着吃起来的时候，这种欲望也消失得无影无踪了。

旁边桌子上的那个少年一边吃着炒蛋，一边目不转睛地盯着这两个人。严厉的母亲空着手走了回来，又开始冲他吼叫。德史没有办法，回到窗边榊家夫妻坐的那张餐桌上。他刚落座，两人随即起身走向取餐台。他俩肯定会发现独自坐在一边吃饭的芙祐子。他们或许会试图将她带到

123

窗边的这个餐桌上来。芙祐子肯定会拒绝他们，让他们为难……德史这样想着，不停地吃着东西。但是，两人回来之后，却完全没有再提起芙祐子。是他们没有发现她呢？还是在这短短的时间内，芙祐子已经离开了餐桌回了房间呢？

直到吃完早餐，芙祐子的名字都没有再次出现在他们的口中。

窗外，大海就像一面巨大的镜子闪着光。一切都还没有开始。又是全新的一天。

填饱肚子的德史感到神清气爽。这是他来到异国他乡之后，第一次由衷地感到神清气爽。

三人将芙祐子留在酒店，从昨天对岸那个他们已经参观过的富丽堂皇的教堂前面经过，前往耀子想去的那家美术馆。

没有什么行人的小路上到处传来弦乐的声音。小路的中途有一条小小的隧道，墙壁上喷着漆，一个男人在那里弹着一种类似吉他的乐器。虽然衣着寒碜，淡色的头发很久没有理过，又长又乱，但即便在昏暗的光线中，他也显得帅气逼人。走在三人最前面的耀子停下来听了一会儿他的演奏，将两欧元硬币放进空罐子里。

美术馆里有个经过精修细剪的庭院，绿色葱翠，到处都很凉爽。美术馆有两栋楼，三人走进白色墙壁的那栋。

里面正在展出的是一个大富豪家的女主人收藏的现代美术作品。他们在里面默默地看了一圈。耀子在美术馆的商店里买了几张明信片。然后，他们走到外面，坐在院子里树荫下的一条长凳上。耀子坐在正中间，慎司紧挨着她坐在右边，德史与她隔着一个拳头，坐在左边。

"这美术馆真不错，没什么人，很安静。"

"嗯……"

慎司把小册子当作扇子给妻子扇风。隔着那稍微有些傲慢的尖下颌，可以看到倚靠在凳子上的那个情夫端正的脸庞。

接下来该我大显身手了。——慎司平静地做了一个深呼吸，迅速地用舌头舔了一下上唇。

"好累啊。"

没人回应他。

旁边的耀子仰面望着异国的天空。慎司也学着她的样子，抬头看着天空。那蓝色虽然艳丽透明，但绝不是一种完全没有水分的蓝色。里面含着猥琐的水汽。若用指尖稍微一戳，那蓝色就会啪嚓破碎，这样一来，大海、小城、人……所有的一切都会淹没在倾泻的蓝色当中。他们相互碰撞，融为一体，就像煮化的明胶，凝成一个巨型物体——慎司发现自己已经开始勃起。

"现在几点了？"

耀子仰着头问道。慎司看了一下表。

"现在十一点半。"

"都已经到这个时间了……"

"感觉有点累……"

耀子没有搭腔。慎司保持本来的姿势，不动声色地看了一眼德史。他将手伸进牛仔裤的口袋里，脸上没有丝毫霸气，双脚的鞋尖相互摩擦，试图擦掉上面的污渍。

"好累啊。"

慎司又小声说了一句，两人依然没有反应。好，就照这个势头。慎司一边在心中给自己打气，指着还没有参观的另外一栋楼。

"我在这里歇一下，你们俩去那边看看吧。"

耀子皱着眉头转向慎司，脸上表现出一种意志坚决的抵抗。

"怎么啦？"

"可能是中暑吧。不知道为什么，刚才一直头晕脑涨的。别担心，坐一会儿就好了，你们去吧。"

"没事儿吧，我这儿有水……"

德史摆好姿势，从斜挎包中拿出一瓶矿泉水。但慎司非常夸张地在自己脸前摆了摆手，制止了他。

"哎，不用了。很快就好了。真的不用担心。好了，耀子，你和德史君一起。快去吧！"

"今天病人真多啊。"

耀子说着，一脸不情愿地站起身。她知道丈夫的企图是什么，也知道他正在实施这个企图。

"好，你们去吧……"

慎司笑着挥手，两人朝另外一栋楼走去。两个身体之间正好空出一个人的距离，就像两个高中生单独走在放学路上那样清纯。

好，就照这个势头。至此，慎司的计划终于踏出了微小却又确定的一步，他感到非常满意。至少在接下来的几分钟时间里，他们二人将离开自己单独行动。接下来的事耀子自己应该可以搞定。芙祐子心情不好，于是待在酒店里不出来，对于慎司来说，真是天赐良机。

他安排的通奸计划比昨天更进一步接近实现。

在慎司的目送下，德史跟耀子一起走进美术馆，完全没有察觉他的用心安排。

看到墙壁的角落里挂着一张像摊开的手掌一样小的裸体女人画像，他感觉自己的性欲或许也就这么一点点，甚至用一只手就能抓起来，感到无趣。

昨天晚上他的身体出现的反应，在与芙祐子的夫妻生活中曾经发生过几次。每当这种时候，他便会向妻子道歉，说自己本来就性冷淡。芙祐子听了，也会跟他说一句"对不起"，面带几分忧伤却开朗地向他道歉。妻子很少像昨天晚上那样抽抽搭搭地哭个不停，但有时又的确会像一个想要某个东西却又无法得到的孩子，变得心情不好。

127

德史对此感到吃惊，有时也羡慕不已。他已经很久没有产生过那种难以抑制的欲望，那种得不到便要嚎啕大哭的喷薄欲出的欲望。

德史突然想试一下，便若无其事地站在耀子的正后方，隔开一点距离，盯着她那俏丽的臀部曲线，任由视线在上面游走。她穿着一条白色的牛仔裤，膝盖下方变得肥大宽松，但大腿和臀部却包得紧紧的。仔细看，可以隐约看到一条面积极小的内裤的线条。身体没有出现他期待的生理反应。但他发现自己已经不再像以前一样讨厌这个女人。非但如此，他甚至还期待着她现在就转过身来，像昨天那样在明媚的阳光下露出那种清澈的眼神，对他微笑。

"瞧这幅画。"

耀子站在一幅外观古旧的画作前方，回头看着他。德史没有直视她的眼睛，而是直接将视线投向那幅画。德史虽然是外行，但也看得出来那幅画与这个现代美术收藏展不太相称，简直就像是从某处民宅借来的那种挂在暖炉上方的简单的威尼斯小城画像。画面是从大海的角度看到的圣马可广场周边的风景，右侧是宫殿和寺院，左侧是红色的钟楼，中间的圣马可广场上有很多行人，各自提着大小不同的行李。画面中展现的很久以前的小城风景，与他们昨天傍晚在游船上远眺的风景没有什么不同。

画的右下方有个白色的方形解说牌，两人在上面看到一五五三这个年份。

"这幅画虽然是五百年前画的，但是城市的风景却没有任何变化……所不同的只有人们的衣着。"

"这里画的威尼斯是真正的威尼斯吗？"

耀子微微笑了一下，瞬间陷入沉默，继而又微微笑着说道：

"芙祐子大概喜欢这个话题。"

刚才德史还在一边走一边想她那哭丧着脸的样子，但现在却仿佛感觉很久没有听过这个名字了。

然后，两个人稍微隔开一点距离，或是跑到对方前面，或是被对方超越，就这样一边看着墙上的绘画作品一边往前走。走进回廊式的美术馆最里面那个房间的时候，他们看到一对年轻的男女正站在一幅绘画作品前拥吻。他们吓了一跳，但已经来不及了。两人突然被一种爱情的气氛包围。还没等他们迈开步子，那对男女便松开对方，互相看了一下对方，噗嗤笑了一声，拉着手走出了房间，留下德史和耀子愣愣地站在那里。

耀子站在刚才被那对恋人挡住的画作前。那是一幅抽象画，浓浓的深蓝色画面上有几条白线，宛如伤痕一般。她知道德史在自己的身后，与自己挨得很近。她站在那幅深蓝色调的绘画前，头发、后背、屁股和双腿等身体部位的后面一半全都能感受到一种来自恋人的视线。她目不转睛地看着眼前的那片深蓝，似乎在等待那道视线流进她的身体。那蓝色很冷，有一种似曾相识的感觉……耀子突然闻到一股刺鼻的花香，然后听到自己身体内部的悸动。她的身体马上便湿润了。——她的身体悄无声息地融化。那片深蓝迅速将她带回多年以前那个冬天的晚上。——她永远也不会忘记的那个夜晚，一九九七年冬天的那个夜晚——那年耀子十九岁。

当时，她有一个朋友，是个拉小提琴的女生。她邀请耀子去参加一个小型室内乐演奏会。地点在图书馆旁边会馆，是那种为晚餐助兴的非公开小型演奏会。耀子独自前往，穿着一件高领的白色毛衣，紧身的牛仔裤，还有比她大很多的姐姐穿旧的一件深蓝色夹克。耀子突然想给朋友买一束花，就走进巴士车站旁边的一家花店，看见里面坐着一个青年，正在剪彩色的花茎。她小声告诉他自己的预算，然后就不再说话，用手指着冰箱里的玫瑰、大丽菊和土耳其桔梗等。耀子还是个学生，预算自然不多。青年男子起初听耀子的吩咐，过了一会儿就开始随便拿了起来。他手中的那些鲜花的总价早已远远超过耀子的预算。但他也不管这些，又挑了一些绿叶和丝石竹之类的花草，做成了一个豪华的花束。耀子按自己刚才对他说的预算价格付了钱，接过花束，盯着那个制作花束的青年看了几秒，发现他年轻帅气，身材完美匀称。他也盯着她。所有想说的话，都包含在两人的视线里。他们心中同时产生一种预感……短短的几分钟后，他们的预感就在花店后面的小巷子里变成了现实。两人先是疯狂地接吻，然后耀子被青年按在墙上，扯下牛仔裤，那束准备送给女小提琴手的豪华花束掉在地上。玻璃纸发出刺耳的声响，被狂风吹着，在两人的脚边滚来滚去。他抓住她的脖子，强行把她的头扭过来，用冰冷的嘴唇贪婪地吮吸她的牙齿和舌头。耀子感觉自己变成了他的食物。同时，她也感觉他变成了自己的食物。嘴唇周围仿佛变成油乎乎的油煎排骨，与对方的嘴唇纠缠在一起，已然分不清彼此。两人的接吻持续了很长时间。她第一次发现自己的舌头竟然那么厚，那么柔韧，甚至那么凶猛。上颌剧烈地碰撞在一起，牙齿疯狂地搅拌口中那块已经融为一体的肉，满口血腥。她尝到鲜血的苦涩，下身却没有一点疼痛的感觉——因为那里已经完全湿润了。耀子脱掉右脚上的运动鞋，甩掉挂在脚踝上的牛仔裤和内裤。然后，他们更紧密地结合在一起。他放开她的脖子，咬紧残留着血腥味的牙齿，集中精神准备迎接接下来的那一瞬间。不久，两人同时叫出声来。他抽出自己身体，离开之后，耀子一下子倒在地上。一种支撑了她十九年的东西，仿佛从她身体的中心脱离。她颤抖着，听到皮带的响声。裸露的下身开始起鸡皮疙瘩。他最后又亲了她一次，吸走残留在口中的鲜血。他离开之后，耀子用手指轻轻地碰了一下大腿根部的液体。指尖在路灯苍白的灯光下晶莹闪烁。她冻得蜷起身子，穿上仍然湿漉漉的内裤和冰冷的牛仔裤，再穿上运动鞋，走向

131

会馆。小提琴手演奏结束，脸上露出微笑。耀子捧着那束鲜花献给了她……

现在，耀子面向画面中的那一抹深蓝，背对恋人的视线，沉浸在往事的回忆中。那时的回忆就像一块璀璨的结晶石，是她人生中唯一的爱的回忆。她的脸上洋溢着一种无比幸福的微笑，然而谁也不会看到。

如果背后的恋人再靠近几十厘米，两人便会更加接近多年前的那个夜晚。

再靠近一步、再靠近半步……耀子耳后的汗毛微微颤抖起来。

正午的钟声敲响的时候，被所有人遗忘的芙祐子独自躺在加布里埃尔酒店三〇四房间的床上。

厚厚的橙色窗帘挡住小小的窗，房间里光线昏暗。他们的房间面朝中庭而非大海，打开窗帘之后，就能看到酒店中其他房间的情形。

体内明明很冷，皮肤却发烫。她几次将手放在额头上，交替着将手心和手背贴在额头上，嗷嗷叫了起来，就像一只受了重伤的野兽。她一点也不觉得羞耻，也没有任何顾虑，不停地诅咒着从体内不断涌出来的痛苦以及难以形容的违和感，嗷嗷叫着。"啊！啊！"她翻了一个身，痛苦似乎减轻了几分。吸收了她大量体热和汗水的床单，如今仅仅是一块令人感到不快的垫子，愈发凸显她的悲惨。"啊，啊！"她终于起身。双脚踏在地面上，却怎么也站不起来，只好又扑倒在床单上。

她开始想她的丈夫。他把自己丢在这里，面带轻浮的微笑，屁颠屁颠地跟在那对附庸风雅的世俗夫妻身后，投身于这虚假的旅游当中……如果没有我，他还会吃很多吗？如果没有我，在别的女人眼中，他还会显得魅力非凡吗？无论什么时候，德史总能吸引女人的目光。所有来咖啡馆的女人，离开之前必然会瞥一眼这个帅气的店长，毫无例外。所有女人的目光中都明显含着同样的期待，就像在同一家工厂生产出来的，形状大小都完全一样。她们明显在期待什么。芙祐子对她们的光临表达感谢，有的女人看都不看她一眼，就扬长而去，也有一些女人会将她上下打量一番。不管是哪种女人，她们脸上都会表现出同样失望的表情，也像工厂里生产的规格品一样。然而，最让芙祐子感到高兴的其实正是她们一脸失望的表情。她非常清楚那种表情的含义，那就是："为什么会是你这样的女人？"对，为什么像自己这样既不漂亮也没有什么优点的女人会成为他的妻子呢？直到现在，她仍然不太明白。她两手抱着头，试图重新梳理一下事情的前因后果，回忆三年前的那个夏天与丈夫相遇之后进行的每一段对话、每一次眼神的交流和性爱。到底自己的哪一点俘获了他的心呢？芙祐子始终感觉让她成功俘获丈夫的心的那块魔法石，在它应该再次发挥功能的时候躲了起来，深深地埋进记忆深处。因此，她闭上眼睛拼命地回忆。首先，是三年前的那个夏天——不，更关键的是那年春天。一天，我去镰仓的鹤冈八幡宫，在那里花一百日元抽了一个签。我想知道自己喜欢的那个"有缘人"什么时候才会来，就先看了一下占卜爱情运势的"有缘人"那个项目。

　　她从小就喜欢"有缘人"那一项。她能从这个词的节奏中产生一种联想：一个可怜的老人穿着一件湿漉漉的外套在昏暗的屋檐下避雨。签上写着"来"与"不来"，都与那个老人有关，而与自己没有任何关系。如果上面写着"来"，那就意味着可能有人会打着伞来接他，或者雨很快就会停。而如果上面写着"不来"，则意味着雨会永远下个不停，而且没有人会打着伞来接他……那天，她在八幡宫抽到的签上，"有缘人"那一项中只写着一个字——"来"。想到那个浑身湿透的老人很快就会找到落脚处取暖，她便稍微感到有些无聊。但她的这种无聊的心情在下一个瞬间便消失得无影无踪了。因为她在那张细长的纸条边上看到两个大字——"大吉"，圆圆的字体有些孩子气。对，那天，她有生以来第一次抽到上上签。紧接着，"大吉"两个字的下方写着一行英语："MOST FORTUNATE"。不仅如此，为了那些来旅游的外国人，签上的每一项都附有英文翻译。HEALTH, WORK, MONEY, EXAMS, LOVE……她找到了"有缘人"那一项。

FINDING YOUR SOUL MATE：He/She will come.

那个避雨的老人的身影，瞬间永远地从她心里消失了。SOUL MATE 这个词，让她感到激动不已。SOUL MATE……他或者她……will come。芙祐子将那张细长的纸条小心翼翼地叠起来放进钱包里。

想到这里，当时心中萌生的那种希望骤然复苏。她猛地从床上坐起身来，然后将大枕头竖起来抱在怀里。甜蜜的希望让她忍不住扭动着身子，沉浸在对往事的回忆中。那支签的预言是准确的。三个月后，阿德就来到了我身边。在我二十五岁那年的夏天，那个傻不拉几的房地产公司要搬到楼上，阿德来帮忙……

两人第一次见面是在七月的一个中午，天气闷热。还没到正午气温就已经超过了三十度。办公室里堆满纸箱，没有开空调。每当他摘掉帽子擦汗的时候，芙祐子就能看到他那张英俊的脸庞，长得像东南亚人一样棱角分明。每当这个时候，她就感到自己的心跳急剧加速。他的声音很小，虽然能听到他在向那些打工仔发号施令，却听不清他具体在说什么。为了指点那些打工仔摆放桌子，她第一次站在他的旁边，当即沉醉在旁边那汗涔涔的肉体发出的男性荷尔蒙气息里。指点打工仔干活的时候，他会问芙祐子一些琐碎的问

135

题，比如热水器放哪里，复印机放哪里，但芙祐子仍然沉醉其中，回答总是让人不知所云。接着，她很快意识到自己的错误，赶紧向他解释，并抬头看着他，发现他脸上浮现出温柔的微笑。"我知道了。"他说道。芙祐子终于意识到自己一直等的那个人就站在自己的面前。他肯定就是预言中所说的那个 SOUL MATE。"我知道了！"她在心中喊道。搬家公司的人撤离之前，芙祐子悄悄地走到他旁边，以"可能会有落下的东西"为由向他要了联系方式。周末约他出来吃了晚饭，晚饭之后回来的路上她便向他提出交往。"我们又不熟……"德史一脸为难，不停地重复着这句话。但是，她没有放弃，那之后仍不断地约他出来吃饭，随便找个理由约他去看电影或者去公园散步，把自己做的三明治或者手工饼干送到他的公司。听说他有点感冒症状，就拿着带有精油香味的大口罩、围巾和止咳糖浆给他送过去。她想尽一切办法要将自己的这个 SOUL MATE 弄到手。她已经深深地爱上了他。最后，德史终于招架不住，在她第六次向他表白的时候，终于答应做她的男朋友。

他们很快就结了婚。结婚之后不久，德史的叔叔就去世了。他辞掉搬家公司的工作，考了一个厨师资格证，继承了叔叔的咖啡馆。他说自己上学的时候曾在这里打过四年工，里里外外都很清楚。只要丈夫想做的事情，芙祐子都全力支持。而且，她已经在那个纠纷不断的房地产公司做了六年置业顾问，无知的她每天负责接待一些比她稍微更无知一点的顾客。接待顾客是她的强项，至少她可以面带和蔼的微笑对待每一个人……

但是，现在，现在呢！那块魔法石怎么也找不到了！芙祐子猛地将枕头朝对面的墙砸了过去，躺在床上使劲扭动着身子。对，她原本可以面带和蔼的微笑对待每一个人。但是，现在呢？她感觉自己已经无法再对任何人微笑了。她不知道这是怎么回事。因为不知道，才感到不安。不对，之所以感到不安，并不是因为不明白，而是因为丈夫不在身边。她煞费苦心终于据为己有、仅属于她一个人的 SOUL MATE 现在不在她的身边！

她使劲埋下头去，嗅着他留在床单上的体味。

一会儿，鼻子再也闻不到床单的味道，于是她又将手指伸进湿漉漉的两腿之间，在那里寻找他的余香。

但是，她要找的那个男人却怎么也找不到。

他已经不在这个房间里了。

参观完美术馆之后，三人走过运河上的大桥，朝酒店的方向走。

"好，我们去广场那边，一边听音乐一边吃午餐吧，怎么样？"

耀子看着路两旁纪念品商店里的各种颜色的狂欢节面具，慢慢地往前走。两个男人跟在她的身后。后面走来一个长得高大魁梧的游客，不小心撞到耀子。耀子一个趔跄，慎司轻轻地撑住她的胳膊。然后，夫妻二人就挽着手并排走了起来。德史走在他们身后，眼睛就像被什么东西吸引，紧紧地盯着耀子美丽的臀部。

三人从西侧大门走进广场，沿着拱廊商业街走了一会儿，正巧看到一个咖啡馆正在准备开演奏会，就坐在露台的座位上，等待服务生过来点单。

"很像那么回事儿嘛。"

耀子摘下太阳镜，放在桌子上，嗒地发出一声钝响。服务生走了过来，她点了一杯姜汁啤酒，慎司点了一杯扎啤，德史点了一杯冰咖啡。乐师们开始了演奏。那是由钢琴、小提琴和大提琴混合的轻柔优美的三重奏。旁边的那家咖啡馆里，一个个子矮小的曼陀林弹奏者正在演奏《教父》的爱情主题曲。

三人都不怎么开口说话，喝起各自点的冷饮。在广场上来来往往的行人裸露的肌肤、来觅食的鸽子的羽毛，在午后的阳光下像梦一样闪烁。圣马可大教堂大型拱门那里摆着一尊长着翅膀的狮子像，反射着整个广场上的阳光，仿佛马上就要展翅飞上长空。

这时，那个闯入者又突然出现了。

"哟，几位。"

两天前在餐馆吃午饭时遇到的那个自称有三个女儿的中年男人站在他们面前。

"我们又见面了。"

男人一点也不客气，兀自坐到空闲的那个座位上，用流利的意大利语点了餐，然后笑眯眯地看着他们三人。

"哎？好像少一位啊。您太太呢？"

男人明显是在问慎司。慎司笑着回答：

"这就是我太太啊。"

慎司用眼神指了一下耀子，耀子突然抿起嘴来冲男人微微一笑。他瞬间表现出一脸吃惊的样子，然后红着脸说道："啊，啊，失敬失敬。"

"您二位是夫妻……哎，我也真是老糊涂了，记错了。失敬失敬。那您太太呢？"

这时他转向德史。德史还没来得及说话，耀子就抢先答道。

"她从昨天身体就不舒服，在酒店里歇着呢。"

她刚才还在无精打采地喝着姜汁啤酒，现在却变得像一个刚刚听到占星师预言自己百年好运的少女，丝毫不掩饰自己脸上流露出来的笑容。很明显，她的巨大变化是因为这个闯入者愚蠢的误会。

"啊，啊，原来如此。前天见到她的时候，就感觉她好像有些不舒服……嗯，看起来好像真的有些不舒服。脸色很差，一直也不说话……"

"当时她身体还行。只是……我太太稍微有些怕生。"

耀子听德史这么说，表情变得更加明媚，笑着说了一句"是吗"，用一种怀疑的眼神看着在座的三个男人。

139

"可是，芙祐子给人的感觉比我们每个人都好，比我们都可爱，难道不是吗？"

"但是她好像很讨厌我。"

男人一边劝大家吃服务生端上来的橄榄和坚果，一边说道。

"看都没看我一眼……"

"哎呀，是吗？那芙祐子可能真的是身体不舒服吧。平常她根本不这样的。总是一脸微笑，跟谁都能聊得来。我都羡慕得不得了呢。对了，您家人呢？"

"哎，我老婆和女儿又去购物了。那几个女人简直是购物狂。她们说怎么看都看不厌，怎么买都买不够。"

"您这个当爹的可真不容易啊。"

"真的是这样，天天拼命工作赚钱，现在越来越感觉生活没什么意义了。多年劳动的成果在这几天全都付诸东流了。但我也不想管了。所谓一家之主的职责也就是这么回事儿啦。我已经决定在她们的人生舞台上替她们跑龙套了。"

"跑龙套？怎么会嘛。"

听到这个声音，四个人同时瞪大了眼睛。回过头去，看到一个小个子女人站在那里，头上戴着一顶帽檐很大的帽子、脸上架着一副大大的太阳镜。

"芙祐子，你这是怎么啦？"

德史不由得站起来，问道。

"是芙祐子女士吗？"

她默不作声地从旁边座位上拉过一把椅子，不由分说地夹在德史和那个男人中间。

"怎么啦这是，打扮成这样……"

"刚在那边买的。"

坐下之后，她既不摘下帽子也不摘掉太阳镜。

"啊，吓我一跳。我都没认出来是你……现在感觉好些了吗？"

芙祐子听耀子这么问，也不扭头看她，直接回答道：

"嗯，好了。"

"芙祐子女士，你要喝点什么？"

"我点了水。"

服务生就像接到了信号似的，马上走了过来，将盛着碳酸水的瓶子和玻璃杯放到桌子上，正要往杯子里倒水。芙祐子拨开他的手，自己拿起瓶子。就在这一瞬间，乐师们突然停止了演奏。整个广场顿时变得鸦雀无声，就像是为了听碳酸水冲击玻璃杯的声音。

"听说您身体有些不舒服？"

闯入者战战兢兢地问道。

"对啊。"

芙祐子喝了一口水，缓缓地舔了一下嘴唇。另外三人各自伸手扶住自己的杯子，低头看着餐桌。

"但现在已经好了。"

"哎呀哎呀……"

"您太太和孩子呢？"

"去买东西了。"闯入者的声音稍微有些紧张，"我，我……原本想喝点香槟的……可是遇到了您几位……就喝了些白葡萄酒……挺好的……演奏也是……这里……"

"非常优雅，感觉名副其实啊。"

芙祐子好像比在场的每一个人都放松，显得不卑不亢，悠闲自在。没有人嘲笑她。她现在稍微有一点点明白，让别人感到不自在是怎样一种体验。

闯入者拥有的特权受到了威胁，那个男人在沉默中逐渐恢复了平静。他轻轻地咳嗽了一声，抿了一口葡萄酒，对耀子一人说道：

"我第一次来这里已经是二十年前的事了。"

"哎呀，那么多年啦。"

"是一次商务旅行。"

"那时您的工作和现在一样么？"

"嗯。做的事情基本上没什么不同。但以前厨房用品根本卖不出去，当时主要经营男鞋和包之类的商品。"

"是嘛。"

答话的不是耀子而是芙祐子。闯入者不再说话。她的那句"是嘛"，并非催促他继续往下说，而是为他敲响警钟，宣告终结这个话题。四人默不作声，目光变得游离。芙祐子盯着他们每个人看了半天，就像绑架犯仔细观察排成一排的人质，然后决定先杀谁后杀谁……

最后一个被她盯住的慎司犹犹豫豫地反盯着她的眼睛，冲她微微一笑。他从心底里对她的归队感到遗憾。这个女人为什么不老老实实地待在酒店房间里睡觉呢？她今天戴的帽子和太阳镜非常庸俗而且奇怪。如果可以的话，他真想伸出手去给她一把拽下来。但他没有那么做，而是稍微拿出了一点绅士风度。

"你戴这帽子和太阳镜很好看啊。"

芙祐子没有笑，一口气喝光杯子里的水。

然后，大家再次陷入凝重的沉默。

邻家的曼陀林弹奏者又开始了演奏。他们谁也不开口说话。每个人都想端起杯子喝点什么来掩饰一下自己的窘态，可杯子都已经空了。终于，沉默再次被他们那位勇敢的女王打破。

"可是，不戴帽子和太阳镜才更符合芙祐子的气质呢。"

男人们个个都表现出一脸吃惊的样子，但那种表情转瞬即逝。说实话，芙祐子现在真的很难看。帽子和太阳镜都跟她的长相完全不搭。那副形象让所有人感到不安和焦躁，早已超出可以从审美角度评论一番的层面。

"对啊，芙祐子，跟你不搭啊。"

德史说道。

"是啊，您长得这么可爱，不把脸露出来太可惜了。"

闯入者也这样说道。

"我倒觉得很搭啊。"

慎司说道。这时大提琴独奏的乐声响起，将他的声音湮没。

四人的视线聚焦在一个人身上。芙祐子开始微微颤抖起来。但谁也没有发现她在颤抖。他们盯着她，却根本没有发现这一点。

"我们差不多就出去走走吧。"

耀子说着，向服务生做了一个结账的手势。慎司拿出钱包准备付钱，闯入者制止了他，独自付了五个人的钱。"这是为了感谢你们陪我一起度过这段愉快的时间……"说完之后，他就像逃跑一样迅速离开了那里。

"我们溜达溜达去车站吧。也没有什么特别要去的地方……"

耀子在前面走了起来。慎司把胳膊抱在胸前，跟在她身后。小谷夫妻仍旧站在那里，互相盯着对方。

"芙祐子，你那帽子和太阳镜真的不搭。"

"……"

"是在模仿耀子夫人吗？"

"……"

"还在为昨天的事生气？"

"……"

妻子的沉默很快矫正了丈夫因酷热和疲劳而变得有些

144

扭曲的视野。他从太阳镜的缝隙中看到芙祐子眼角，那里的皮肤有些发红。

"你喝醉啦？"

她摇摇头。

"嗯，反正怎么都行啊。你既然那么生气，我就不去跟他们一起散步了。对慎司先生他们多不好啊，难得一起来旅行……"

"……"

"你要是愿意的话，那也行。我去了。"

"那我也去。"

芙祐子紧紧地挽住德史的胳膊，快步走了起来。

榊家夫妻的背影越来越近。他们就像独占滑道的花样滑冰手，优雅地走在游人如织的石板路上。过了一会儿，来到他们曾经多次经过的那条大路上。民居的前方可以看到运河和车站屋顶的曲线。

"哎呀，到车站了。"

耀子回过头来，微笑着说道。

"那我们从里亚尔托桥那边回去吧。"

然后，一行四人沿着大街上随处可见的 PER RIALTO 标识，走进一条陌生的巷子。这时，突然人声鼎沸，传来汽笛、铜管乐队演奏的音乐和此起彼伏的掌声。

里亚尔托桥终于出现在视野中，上面站着很多人。大理石筑成的那座桥，看起来十分气派，在阳光的照耀下呈现出高贵的白色，向站在那里的人们发出挑战。芙祐子一只手握住丈夫的手，另一只手紧紧地将手提包贴在自己身体上。

"他们在干什么呢？"

耀子的眉毛在太阳镜下皱了一下。

"可能是赛艇会吧？"

慎司想起自己在旅游向导书某页上看到的赛艇会的照片。眼前的情景和照片上一样，桥下的运河河岸上挤满了游人，熙熙攘攘。四人慢慢地穿过拥挤的人群，走上大桥的台阶。很多来看热闹的游客扶着向外伸展的椭圆形栏杆，朝河面的方向伸出身体。

"赛艇会是什么啊？"

耀子抬高嗓门问道。都怪这拥挤的人群，使她的帽檐使劲儿倾斜，将她的脸蛋映衬得更加完美。

"是贡多拉船和船夫的节日啊。"

慎司取出数码相机，努力伸长身子，隔着攒动的人头拍了一张运河的风景照，然后将小小的相机屏幕中显示出来的风景展示给另外三人。几艘装饰豪华的贡多拉游船浮在运河的河面上，穿着红白条纹衬衫的男人们在船上排成一排划起船桨。

"这就是赛艇会？"

耀子往下拉了一下眼镜，盯着相机的屏幕。芙祐子迅速看了一眼旁边丈夫的表情。德史盯着小小的相机屏幕中的贡多拉船群，脸上看不出任何表情。就在这一瞬间，芙祐子产生一种不祥的预感，她没有扭头，若无其事地将视线转向耀子。耀子没有看相机的屏幕，而在看德史。她的眼睛里露出一种贪婪而又饥渴的目光，令人毛骨悚然。芙祐子不由得往后退了一步。耀子突然回过神来，扭过头来看她。两个女人四目相对，同时在对方的脸上发现了一种相同的厌恶神情。慎司看到所有的一切，从三人之间抽身出来，关掉相机的电源。"哎呀哎呀。"他慢慢悠悠地说道，"在回来的路上能看到赛艇会，真是太幸运了。"

"反正也找不到上好的位置观看，不如索性直接回去好了。"

耀子一边说着一边大大方方地看着德史。

"对吧，德史先生？"

"阿德，到那边就能看见吧。"

芙祐子挡在德史面前，说道。必须让这个女人明白，在这个世界上能这样盯着他看的只有我，他明媒正娶的老婆！

"是吗……"

"阿德，我们去看看嘛。"

芙祐子抓住德史的胳膊。他耸了耸肩，看了一眼拥挤的人群。

"不去吗？"

"你看那么多人……"

芙祐子仔细地看着丈夫的脸。他的脸上明显流露出疲惫的神色，他的眼睛告诉她，自己对贡多拉船夫的节日什么的并不感兴趣。不仅德史如此，身后榊家夫妻的脸上也流露出相同的疲惫和漠不关心的神色。这三人明显都对赛艇会不感兴趣。他们已经累了，巴不得马上离开这里的喧嚣，回酒店疗愈各自疲惫的身体。

"可是……"

"德史先生，你能不能伸一下手，帮我拍一下那边的风景？你的个子最高。"

耀子从手提包里取出数码相机，硬塞给德史。这时，她的手指摆出给人把脉时的形状，碰到丈夫的大拇指根。芙祐子将这一切清清楚楚地看在眼中。

"我要去！"

芙祐子冲动地喊道。

"芙祐子，那边人少，说不定能看到。"

耀子指着游客相对较少的一个区域说道。运河中浑浊的水在形形色色的人头之间若隐若现。

"那，请稍等一下，我去看看。"

另外三人互相看了一眼，脸上露出一种无奈的笑容。泪花在芙祐子的眼中闪烁。她用力地将自己身体塞进刚才耀子指向的那群游人当中。

在欧美人温暖的身体之间，芙祐子感受到自己身体的冰冷。浑身凉透了。芙祐子前面站着三个年轻的男女，咔叽咔叽嚼着口香糖，时而回头看一眼。右边一个戴着天狗形状面具的矮个子少年，左边一个系着围裙的黑人男子，将瘦小的芙祐子挤在中间。人们你推我搡，不停地把她推向前方。不知不觉间，她如愿以偿地走到栏杆的最前面。大运河上浮着无数的贡多拉游船，密密麻麻的游客在河岸上举着相机，延伸到无尽的远方。一群打扮得花里胡哨的老人在桥下的河水边敲着手鼓跳舞。

芙祐子好不容易挤到这绝佳的观众席，相机却放在丈夫那里。然而相机什么的对于她来说其实并不重要。——他们觉得我碍手碍脚，从一开始我就是多余的。他们又想把我丢在这里！一口气喝了很多威士忌给自己鼓劲，从酒店出来的时候明明那么自信，但那醉意却像一个狡猾的小偷，偷走瞬间的激昂，离她而去，令她再次陷入无可救药的自我嫌恶当中。不仅相机不重要，这个世界上发生的几乎所有的一切都不重要，对于她来说，最重要的只有丈夫。然而，悲哀的是，她只有想到自己的丈夫，才能静下心来观察这个世界上发生的一切。

芙祐子紧紧地抓住栏杆，目送几艘贡多拉游船从桥底下穿过，朝远方驶去。感觉那些贡多拉游船就像是从她身体中穿过似的。既不跟她说话，也不向她挥手，只是穿过……她感到脖子后面有些热乎乎的，回过头去，看到那个男人站在那里。是在穆拉诺岛诱惑耀子的那个男人。他穿着一件不合时宜的长袖衬衣，咧嘴笑着。芙祐子赶紧将手伸向还残留着一些热度的后脖颈，感到那里稍微有点湿漉漉的。芙祐子觉得自己受了侮辱，却装作根本不记得那个人的样子，又转向运河。这时，原本弥漫在小城河边的那种湿热的水腥味消失了，只剩下一种令人窒息的烟味从绿色的水面上升腾上来。男人伸手揽住她的腰，忘情地在她耳边喃喃私语。即便如此，芙祐子依然沉默不语，她仿佛听见男人正在用蹩脚的英语对她说："我一直在找你。能在这里遇见你真是一个奇迹。"芙祐子闭上眼睛，听着他说那些话。现在，男人的双手就像锁链一样在芙祐子的腹部扣在一起，不让她挣脱。"你认错人了，认错人了，你喜欢的那个人不是我，是那边的另外一个人。"她更加用力地闭上眼睛，就像在祈祷。但男人却并不离开。"不，我想去找你，但当时你旁边还有别人。"她不停地摇头，他却不松手。"跟我到我房间来。"男人继续小声说道。——男人的手按住芙祐子的手。当她醒过神来的时候，发现自己已经在他的房间里了。

　　房间里的两个窗子都关着，挂着窗帘。桌子上放着葡萄酒杯和一个空酒瓶。芙祐子将自己的手提包放在那里。半打开的包中可以看到一张从旅游向导书上剪下来的地图。从路边的货摊买来的帽子和太阳镜不见了。男人的手刚才还握着芙祐子的手，现在已经握着可口可乐的瓶子。他从柜子上拿下来两个矮脚杯，和瓶子一起放在桌子上。拔下瓶盖，猛地将可乐倒进两个杯子里。两人隔着桌子，面对面坐着。从抓住芙祐子的手走起来，一直到走进这个房间坐在这里，男人始终一言不发。芙祐子喝了一口可乐，刚才在酒店的房间里喝的威士忌的酒劲突然又回来了，视野开始摇晃。坐在眼前的这个男人的脸和挂在他背后的那三艘船的绘画开始模糊起来。一口气喝光杯子里的可乐，那些东西才终于恢复原本清晰的轮廓，回到视野当中。一边喝着可乐一边在对面盯着她的那个男人，长着一头金色的卷发，蓝色的眼睛，穿着一件天蓝色的衬衫，但和她昨天在穆拉诺岛的印象不太一样。但是，至于什么地方如何不同，以及这个男人到底是不是自己昨天在穆拉诺岛看到的那个男人，对于现在的芙祐子来说都已经不重要了。重要的是，这个安静单调的房间位于手提包里的那张地图上的某个位置，而自己和这个男人面对面坐在这里。更重要的是除了自己和这个男人之外没有人知道这件事。而且，接下来将要发生的事情，她的丈夫也永远不会知道。

　　男人突然站起来。还没站稳，他就跪在芙祐子面前，开始抚摸她的身体。芙祐子停止思考，任由男人摆布。她仰着头，能看到有裂缝的白色天花板。那种冷冷的色调让人想起数九寒冬的清晨。男人脱掉芙祐子的内裤，将头埋进裸露出来的那块肉里。芙祐子小声叫了起来，但这个声音真的很小，只有她自己才能听到。男人的舌头在芙祐子的身上执着地爬行，偶尔发出低沉的叫声……芙祐子被男人拖着，滑落到冰冷的地面上。男人抬起头来，用舌头舔了一下光润的嘴唇，粗大的手指就像剥掉干枯的泡桐树皮一样，扯掉芙祐子身上剩余的衣服。她瞬间变得一丝不挂。男人将手指伸进她的体内。她就像坐在牙医诊所的诊疗台上，使劲张大嘴巴。这时，男人将舌头伸进她的口中。不久，两人在地板上融为一体。一种就像刮掉瓶底的果酱的声音响彻整个房间。之后的某个瞬间，房间里又突然变得悄无声息。经历一次高潮之后，男人仍不满足，还没过几分钟又开始抚摸芙祐子的身体。芙祐子也不拒绝。因为她可以做到。

她躺在冰冷的地面上，以各种体位接受男人的爱抚。

古铜色的大块肌肉盖住芙祐子的身体。粗壮的肱二头肌上刺着微笑的圣母像。

她抓住他的肱二头肌，喘息声越来越大，最后响彻整个房间。她拼命地叫喊。但是，无论是他还是她自己都不知道她喊了什么。

"芙祐子去哪儿了？"

度过里亚尔托桥的时候，德史小声说道。

"嗯，芙祐子？"

慎司一边走着，一边打开相机看着小小的屏幕上那些隔着游客的头拍摄的照片。

"本以为在前面呢，可是没有。"

"该不会是走散了吧。"

耀子摘掉太阳镜，眯起眼睛看着人群。她的眼角浮现出一种疲惫的神色，就好像一直吃某样东西吃腻了一样，但那个眼神中同时也流露出一丝希望。

"这么多人……"

"没有手机吗？"

"嗯，没有。她说好不容易出来旅行，就把手机放在酒店了……"

"这下可麻烦了。你们有没有说好如果走散的话怎么办？回酒店？还是在什么地方会合？"

"没说过。"

三人相互看了一眼。慎司轻轻地叹了一口气，将相机放进相机包里，说道：

"那么……还没过太长时间，她应该还在附近，我们三个分头找找吧。十分钟后，再回这里集合。如果还找不到的话，我们就先回酒店。芙祐子已经是成年人了，自己应该能回酒店。"

"对不起，一直给你们添麻烦……"

"哪里哪里，没关系。芙祐子肯定是太在意我们俩了……反而是我们感到不好意思。"

"哪里，哪有的事。真的对不起。"

"那十分钟后我们在这里集合。"

三人分头行动之前，慎司向妻子递了一个有着特殊含义的眼色。耀子将挂在额头上的太阳镜放下来，将丈夫的暗示拒之于外。妻子的明显拒绝让慎司感觉无奈，但当他看到她朝德史前进的方向迈出步子的时候，顿时感到心满意足，独自沿着运河旁边的小路走了起来。

那条运河很窄，连一艘贡多拉游船都无法通过，河水看起来浑浊不堪。这和一般的小水沟有什么区别嘛？——慎司嘴角浮现出一丝干涩的微笑，走在阴凉的小路上。两个走路蹒跚的三四岁金发小孩在他前面走着。慎司正要寻找母亲的身影，这时一个小孩母亲模样的女人走过来，拉住孩子的手，用一种慎司听不懂的语言乱吼乱叫。真服了这个国家的女人，她们似乎觉得只要大吼大叫就能解决问题。但是，慎司并不讨厌她们的脾气。他认为她们也是自己的同类，也是在不知不觉间对这个世界的不均衡感到愤怒的那一类可怜人。小孩完全不听母亲的话，偶尔停下来，张开嘴巴看着河水。过了一会儿，他们各自从自己的口袋里掏出一个纸飞机。两个纸飞机同时离开小手，朝运河飞了过去。母亲又喊了起来，就像南国的女人扛水果一样，毫不费力地将两个孩子抱起来，快步离开了。慎司突然想到自己以后也会当父亲。纸飞机落在深绿色的水面上，被水冲走了。

突然，人们的嘈杂声变近了，慎司就像是被喧嚣吸引，拐进一条巷子。在小小的广场中央，有一栋开着玫瑰窗的红砖色大楼。楼前有个举着小黄旗的女人，像大树一样稳稳地站在那里，被一群中年欧美人围在中间。进去一看，发现里面是个比在外面看时宽敞很多的教堂。中央的高处挂着一幅圣母升天像。祈祷台上，几个人正在深深地埋着头进行祈祷。年轻的男女正从墙上打开的四方窗子里往里瞧。十几个日本人组成的旅游团站在后面的圣人铜像前，一脸认真地听着导游的讲解。

这里肯定是一个著名的教堂——慎司暗自感到扫兴。他已经厌倦了这个城市，这个徒有其表的城市，这个似乎仅仅是为取悦游客而建造的、虚伪又傲慢的城市……作为他正在策划的这次婚外情的舞台，的确非常适合，简直就像为他们量身定制的。但他无法爱上这个城市。他觉得，就像妻子在开往某处的船上所说的那样，这座城的真实模样是他们这些外人始终无法触及的，他们将永远被拒在门外。站在那里的那些日本人肯定不会想这些事，回国之后他们必然会趾高气扬地向人宣称自己看到了真正的威尼斯，然后将这个城市的美景以及他们在这里的感动一辈子珍藏在心中，偶尔翻出来抚慰一下空虚的人生……

他坐在祈祷台的边缘，抬头看着光环中的升天圣母。她的身边有一些天使，有的伸出手指，有的端起祥云。其中一个小天使，温柔地盯着他。微微噘起的嘴唇上露出的甜蜜气息，将他心中对幸福人们的嘲笑一扫而光，心中的不安也被软软的牛奶味包裹起来。

慎司不由得伸开手掌捂住脸。

三人在里亚尔托桥解散之后，耀子屏住呼吸，小心翼翼地跟在德史后面。这既是丈夫的期待，也是她自己的期待。她的身体依然陶醉在美术馆中的爱情回忆中。

十五年前的那个冬日，互相连名字都不知道的情况下便在匆忙中进行的那次性交是她人生第一次做爱。从第二天开始，她就像病了似的，把自己关在房间里，集中精神回忆自己在花店与那个青年四目相对时的心动感觉，以及之后发生的一系列事情。自己到底出了什么事？那就是人们通常所说的"性交"吗？我们所做的是另外一回事吧？从开始到结束一共持续了几分钟呢？——想起来既像是三分钟，又像是一个多小时。但是，不管怎样，她始终觉得自己在那条寒冷的后巷与一个陌生的青年合为一体的那段时间，自己一点也不优雅漂亮，失去了原本的谨慎和理性，仅仅委身肉体欲望的疯狂冲动。这是对自己十九年的人生做出的一种不可饶恕的不道德行为，也是对自己最大的报复。但是，与此同时，正因为无垢的身体与心灵最大限度地享受到那个震撼全身的强烈瞬间，她才感觉自己以前披着一身人为制造出来的铠甲。这个叫做"耀子"的铠甲守住自己的身体，使自己没有机会接触不必要的刺激。从小时候开始，大人们就总是夸奖耀子可爱。长大之后，不管是大人还是孩子，男人还是女人，都夸奖耀子美貌。

他们拼尽全力打造出现在的这个"耀子"。她聪慧优雅，从不大声笑，总是沉着冷静而且长相漂亮——耀子从很小的时候就发现，自己作为被别人打造出来的那个耀子活着，比作为真正的自己活得更容易。因此，她杀掉了自己心中的那个小小的耀子，那个因害怕进入浇铸模型而发出柔弱呼救的耀子，变成大家眼中的"耀子"，变得更加强大而漂亮。她身边的人在任何情况下都能猜中耀子的感情，但她自己内心的感情却总是冷淡的。然而，十九岁冬天的那个夜晚，一道闪电划过冰冷的肉体，她听到久违的自己的呼声。那个小小的耀子并没有死。直到现在，她仍躺在灵柩中不停地倾诉、哭喊：快放我出去！而且，她的嘶喊让十九岁的耀子感到一种罪恶和一种更深的渴望，陷入悲伤和痛苦，脸变得扭曲。

之后，她又去了几次那家花店，但青年却再也没有出现。耀子一直等啊等啊。然而，不管等到何时，他都再也没有回到她的身边。她热切期盼那晚的重现，试着与别的男人交合。她的每次尝试都在冰冷的失望之中结束。再也没有一个男人为她带来她在第一次性爱中获得的快感。一次次的失望变成一堵厚厚的铁壁，将小小的耀子的嘶喊阻挡在外。但她无法完全放弃自己的希望。无论和谁做爱，她都拒绝正常的面对面的体位，总是像那天晚上一样，背对着对方，盯着白色的枕套或格子花纹的壁纸，想象着自己心中唯一的男人。只有他才是男人，除他以外的所有男人都是劣质的仿制品。——耀子之所以选择和慎司结婚，就是因为她觉得他是这些仿制品中最劣质的一个。慎司总是自我陶醉且拥有野心。他甚至以自己缺乏肉体的魅力作为一种武器，拼命地向耀子宣示自己才是最适合她的那个男人。他有钱，有优越的经历，掌握一种可以瞬间俘获人心的巧妙的社交技巧……耀子和别的女人一样，故意对他那些愚蠢的小伎俩表现出钦佩的样子，饰演了一个拜倒在金钱和地位之下而完全不在乎男人的内在和肉体魅力的女人。而且，事情并没有想象的那么坏。她不止一次这样想：或许我并不是在表演？或许我真的是一个容易拜倒在金钱和地位之下的女人？即便真是这样，她也不会鄙视自己，因为很久之前她就已经失去了自我反省的能力。像她这样的女人应该如何生活，是非常明确的。如此想来，再也没有比慎司更合适的人选。他是一个非常聪明而且精力旺盛的打造者，只以自己喜欢的方式看待事物。而且，正巧他执着地想要得到她。他每次见到她都会乞求与她结婚。正像她对他欠缺肉体魅力这一点视而不见一样，他应该也不会在意她不完美的婚前男女关系。于是，耀子和他结了婚。但是，即便有了正式意义上的丈夫，她也没有任何改变。对于她来说，这个世界上的男人只有一个，只有那个花店的英俊青年，那个在冬天的巷子里侵犯她、吮吸她的鲜血的青年。那个小小的耀子哭累了，躺在灵柩中安静地睡去，闪光划破黑暗的那一瞬间铭刻在心中的光彩夺目的快乐记忆是她的守门人。但是，这个守门人手中也没有钥匙，因为那把钥匙已经被那个花店的青年拿走——

因此，几年之后当丈夫把他介绍给她的时候，耀子惊讶得目瞪口呆。他突然出现，系着围裙，全身散发着烘焙咖啡豆的香味，站在夫妇两人的起居室里。

"这是小谷君。之前不是跟你说过嘛。在新办公楼那条街的一家咖啡馆的……"

耀子惊魂未定，没能立即答话。她坐在沙发上，动弹不得。

"我想请他给我传授一下冲咖啡的秘诀，就请他过来了。"

慎司从她面前横穿过去，走进厨房。德史站在起居室的门口，就像一个在玩耍的时候突然被人带到别人家中的少年，拘束地盯着房间里的灯或花瓶。

"快，快进来快进来，到这边来。"

德史听慎司招呼，才终于走进起居室，对耀子鞠了一躬，然后从她面前穿过，走向厨房。厨房里很快传来慎司喋喋不休的刺耳的说话声。耀子起身准备去浴室，这时她才发现自己的膝盖在颤抖。镜子中的脸看了一眼那天晚上那张脸，她顿时从心里憎恨这些年白白流逝的时光。

"喂，耀子，你把滤斗放哪儿了？"

听到厨房里传来不紧不慢的喊声，镜子中的那张脸变得更加僵硬。耀子感觉那张脸上出现了裂痕，仿佛马上就

159

会变得支离破碎，就像一张老太婆的脸，既丑陋又脆弱。

"啊，来了来了。"

慎司脸上洋溢着胜利的微笑，迎接耀子的到来。站在旁边的德史仍旧低着头，样子有些局促不安。

"真对不起，让您特意跑一趟，我先生太任性……"

德史听耀子跟自己打招呼，一脸吃惊地抬起头来。耀子将自己所有的思念寄托在自己的视线中。但他却垂下视线，用一种微弱到几乎听不到的声音淡淡地说了一句"没关系"。他这种态度足以让耀子感到绝望，因为这充分说明：他把她忘了！如果她没有把一只手搭在橱柜的把手上，很可能会当场晕倒在地。耀子喘息着，好歹从橱柜里取出纸漏斗，递给丈夫。

"我每天都去他家的咖啡馆。"

耀子装出笑脸问德史：

"我先生很难应付吧？"

"哪里，没有……"

"哎呀哎呀，在营业期间把人家带到家里，我肯定是不好对付啦。"

"是啊，你啊……"

这种千篇一律的套话虽然十分滑稽，但耀子还是忍住了。这是他们婚姻生活的规则。丈夫表现出丈夫应有的样子，妻子表现出妻子应有的样子，这就是他们的全部规则。

然后，三个人坐在客厅里的大沙发上，东拉西扯一些没有意义的话题，就着茶点喝着德史冲的咖啡。其间，耀子没有看德史一眼。她不敢看。十五分钟后，德史说妻子一个人看店自己有些不放心，就离开了。

　　"他和他太太两个人一起经营那家咖啡馆吗？"

　　把他送走之后，耀子问吃饱喝好后心满意足的丈夫。

　　"嗯，是啊，是一位既简单又可爱的太太，你会喜欢的那种……"

　　"叫什么名字？"

　　"名字我倒……"

　　"你是他家的常客吗？"

　　"嗯，是啊。我是新常客。那家咖啡馆本来是他叔叔开的，从那时就经常去他家的顾客已经前后持续了二十年了。据说一年前小谷君接手了这家咖啡馆。感觉挺好的一对。他们说准备开拓一些新业务。所以，下个月的开业酒会，我想请他们负责做咖啡和一些简单饭菜，比如三明治什么的……过几天你也跟我一起去吧。他们夫妻俩真的都挺好的。你肯定也会喜欢他们。"

　　"那就在你有空的时候……"

　　慎司将杯子和托盘放进餐具清洗机中，哼着小调回了工作间。耀子扑倒在沙发上，茫然地看了一眼德史刚才坐过的那个地方。十五年前的冬天发生的那件事清晰地浮现在脑海中。那个花店的青年，热得令人难以置信、仿佛马

161

上就要熔化的滚烫的舌头，凛冽的北风，掉在柏油地面上的花束，两腿之间的酥麻感觉，腰带发出的声响——耀子回过神来的时候，发现自己已经泪流满面。

耀子无法相信，两人再次相遇仅仅过了半年，就一起来到这个遥远的异国小城，同时她也感觉这一切都是冥冥之中的必然。在这个水乡、这个人工痕迹非常明显的美丽城市中，她走在他的后面。如果鼓起勇气跑上几步，就能轻而易举地将手搭在他的背上，然后使尽全身力气对他大喊："再跟我睡一次！"

耀子吃了一惊。原本以为德史与她有几米的间隔，现在却发现他就站在她的面前，紧紧地盯着她。眼神中明显带着疑惑。

"对不起。"

耀子马上向他道歉。德史张开嘴，欲言又止。沉默期间，耀子一边发抖，一边看着他那被太阳晒得有些发红的紧致的脸庞。他的脸上逐渐浮现出一种她从未见过的残忍表情。

"我们得回去了。"

当心中的恐惧达到顶点的时候，耀子突然转身，准备迈开步子。这时，后面有一个少年飞奔过来，撞到她身上。手里的提包发出华丽的声响，掉在地上。里面的东西散落在石板地面上。

"能帮我一下吗？"

德史蹲下身子，故意不紧不慢地帮她捡起落在路面上的钱包、化妆用具、美术馆的门票、糖果、手机、银色的卡子。耀子用手逐一接过来，放进手提包里。她垂下视线，长长的睫毛在颤抖。德史心中涌起一种久违的奇怪感觉，目不转睛地看着她。他确信自己在什么地方看到过这个场景。她睫毛下的黑色瞳孔，突然散发出活灵活现的光彩，就像在乞求什么似的，紧紧地盯着他。这种方式也是他熟知的。

德史将所有的东西都捡起来递到耀子手中，然后两人依然面对着面站在原地不动。

眼前的这个女人终于输给长时间的沉默，脸上现出焦躁。德史将这一切清楚地看在眼中，心里高兴。在东京的时候，情况正好相反。他终于又恢复了青年特有的多变性子。这大概是因为妻子的突然失踪。世界上所有的女人都容易陷入一种对自我的怜悯和肤浅的感伤。就像披着同一块毛毯。现在，德史真想不动声色地将她身上的这块毛毯扯下来。

"耀子，我们也去码头乘船失踪算了。"

他看到女人的脸唰地红了起来。——她现在肯定正在拼命地寻找一个巧妙的、符合年长的阔太太身份的回答。但是，在我面前，她不可能找到这样的回答。想在这里，他感觉此时耀子的脸比他在东京看到的那张脸更加丑陋和淫荡。德史开始强烈地鄙视她，胜过他认识的任何一个女人。这时，由于这种鄙视过于强烈，他的视野就像突然倒了过来，眼前的这个女人反而变得像一只被自己鼻子周围的卷毛呛住的小狗一样可爱。

哈哈！德史朗声大笑。

"真是的，芙祐子去哪儿了呢？对不起啊，给您添麻烦了。那么一会儿见！"

"等等，德史先生，你，真的……"

耀子张开嘴话说到一半，便再次陷入沉默。德史丢下她，再次冲进拥挤的人群中。

他跑着的时候，好几次不由得笑出声来。"哈哈！"

十分钟后，他们在里亚尔托桥的西侧会合。

"还是找不到。没办法，我们回酒店等吧。她可能已经回去了。"

"真对不起。"

道歉的时候，德史仍扭动着脑袋，寻找失踪的妻子的身影。

"我觉得她很快就会回来的……"

"唉，芙祐子那么聪明，肯定在酒店里等着的吧，肯定是的，不用担心啦。"

"是吗……"

"嗯，肯定是。我也有点累了，每天都不停地走……要不我们明天少出去一会儿，再休息一下怎样？当然，你们如果想出去的话，出去逛逛也行。"

　　说到"你们"这个词的时候，慎司盯着妻子的脸。德史肯定也听见了。

　　回去的路上，耀子感到口渴，走进一家没什么顾客的意式冰淇淋店，买了一个西西里柠檬冰淇淋。慎司看着对面的纪念品店里的皮手套。耀子咬了一口冰冷的半球状冰淇淋，然后趁他不注意，悄悄地将冰淇淋递到德史嘴边。

　　德史条件反射似的咬了一口。

　　印着淡淡的口红的白色冰点心，被他吸入口中。

　　那天晚上，芙祐子没有回来。

　　第二天早晨，三人正在吃早餐，这时耀子提议报警。

　　但德史没有点头同意。

　　"其实，以前我们也大吵过一架，那时芙祐子也一声不吭地失踪了，既没回娘家，也没有去要好的朋友家……但过了整整两天后，她又一脸若无其事的样子回来了，说自己跑到四国散心去了。"

　　"四国？四国有亲戚什么的吗？"

　　"没有。她说到了机场后，刚巧赶上飞往高松的航班，就乘上飞机飞到四国去了。那是最过分的一次。平常她经常一声不吭地消失几个小时……所以，我觉得这次她肯定也没什么事，只是去散心了……"

"可是这是在国外啊，不是在日本，和平常不一样。我觉得还是得向警察或者别的什么机构寻求帮助。"

"是啊，德史君，如果真出了什么事就晚了。"

"我有信心……芙祐子肯定会自己回来的。而且我感觉她可能就在这附近。看她昨天的样子，大概是想看我们惊慌失措的样子，或者说是想让我们拼命地找她。而且，明天就是我们计划回国的日子，如果我们找不到她，她肯定会自己回来的。行李都还留在这儿，护照也锁在房间里的保险箱里，她不可能到机场乘飞机。肯定会回来的。"

"哎，既然你这个当丈夫的都这么说，那她可能真的会自己回来……"

"不行，现在赶紧打电话报警吧。我们不紧不慢地坐这儿商量，要是出了事后悔就来不及了。我去前台拜托一下服务员。"

"耀子夫人，等一下。至少等到下午再说吧。如果到时还没回来，我一定报警。"

"下午几点啊？"

"比如二点或者三点啊……"

"那不行，出了事就晚了。起码要在中午之前把问题解决。"

最后，他们约定中午十二点在一层大厅集合，然后各自回到房间，开始进行外出的准备。

德史从药箱里拿出一盒创可贴放进口袋里。

166

慎司和耀子分别走出房间。

慎司最先离开酒店，背着手走在运河沿岸的路上，心里逐渐生起气来。

生气的原因是这难以忍耐的异国的酷暑和他那个可怜的同类。为了证明原本就子虚乌有的自尊心，她竟然伪装出这么一起令人头疼的失踪事件。但他心头的怒气并未持续太久。或者说，他逐渐恢复了连日来的好心情。因为，他终于确定妻子和她的情人正以这个愚蠢的事件为契机，逼近这次旅行的唯一目的。太意外了。一切进展顺利，如他所愿……明天就是出发的最后日子，如果他们要私通，肯定就在今天。想到这里，他便感觉不到酷热，心情变得大好。"很好！"慎司收起脸上的笑容，板着脸走进附近的一家教堂准备顺便休息一下。教堂里悄无声息，气氛庄严，跟他现在的心情完全不符，所以他很快就从里面走了出来。

慎司跟着游客的人流走在大街上，步履轻盈，差点要飞起来。很快来到一个广场，此前聚成一团的行人各自按自己的想法朝不同的方向散去。这个面积不大的广场，被一个小小的美术馆、教堂和一栋庄严的信徒会大楼包围在中间，是这个小城中为数不多的没有水汽的地方。偶尔吹来的风有些干燥，甚至让人感到几分寂寥。慎司在广场角落的一个简易餐馆买了一块形状像胃一样的油炸面包，坐在信徒会大楼的低矮台阶上吃了起来。这里除了他之外，还有很多走累的游客坐在这里排成一排，吃着他们各自喜欢的食物，在这里小憩。这时，视野中突然出现一个背着吉他的老人，头发乱蓬蓬的，摇摇晃晃地走了过来，在对面的台阶上找到一个位置，哼唱起来。一个穿着白色连衣裙的金发少女站在他前面不远处，盯着那个老人看了一会儿，突然合着音乐的节奏扭动起身体，胡乱跳起舞来。躺在教堂台阶上的男人们缓缓地坐起身，托起腮眺望那边的风景。慎司周围的那些人也没有别的什么好看的，都一脸不情愿地看着那个弹吉他的老人和乱跳一气的少女。

　　老头从什么时候开始在这里弹吉他？每天都来这里弹还是每周来一次？能赚多少钱？这些问题，慎司根本不感兴趣，但当他在那里坐了将近一个小时之后，竟然开始对老人弹奏的吉他声产生了好感，仿佛遇到一个多年的老友。老人唱完《加州旅馆》之后，他报以热烈的掌声。于是，演奏期间一直看着别处的那个老人突然扭过头来，盯着慎司。慎司瞬间产生一种感觉：耀子肯定也在看这个男人弹吉他。这种感觉非常强烈。耀子肯定在耻笑这个男人。因为他感觉自己被这个男人耻笑了。对，这样的话，我干脆耻笑刚才耻笑那个老头的妻子……慎司取出手机，手机屏幕上显示出妻子的名字。他想了一下，为了取得更好的效果，在手机里找到德史的名字，显示在手机屏幕上。

第一次将德史介绍给耀子的时候，他就以那种缺乏肉体魅力的男人特有的直觉，看出他俩曾经发生过某种肉体关系。男人并不知道，但是女人却知道。慎司心中立即产生了一个期待，希望这个小白脸和自己的妻子上床。德史是个美男子。但他却一点都不自恋，谦虚而且待人和气，是所有女人都梦寐以求的结婚对象。年长而美丽的已婚女人引诱人见人爱的淳朴青年，耀子非常适合这种角色。而且，德史身上还散发出一种男色的诱惑。这家伙有没有跟男人上过床呢？想到这里，他突然嗅出一种他最喜欢的颓废气息，开始想象三人一起躺在同一张大床上做爱时的情景。三人互相亲吻、抚摸对方肉体的深处，定能如愿品尝到肉欲的甜美……一天到晚待在昏暗的房间里，谁也不会感到孤独。我和耀子，被肉欲滋润……无论是在办公室还是在接待客户的宴席上，只要沉浸在这种幻想中，慎司就很容易忘掉时间。

　　他按下手机的按钮，打电话给德史。听着手机的呼叫音等着电话接通的那十秒钟，他突然想对吉他手和周围那些微笑的游客大吼一声：安静！没看见我正给那个打算侵犯我妻子的男人打电话吗？！

　　"喂。"

　　仅仅通过电话那头的那个声音，慎司就知道妻子不在。这让他感到非常失望。

　　"啊，德史君？"

"找到芙祐子啦？"

"啊，没有，还没找到，你那边呢？"

"我这边也还没有……真是抱歉。"

"哎呀，没关系。有什么情况我们再联系吧。"

"啊。"电话那头传来一个无力的声音，没有丝毫的歉意。慎司轻松地撕下绿帽男的假面，高兴地说了一句"再见"，挂断了电话。

"Ciao. ①"

慎司抬起头来，发现刚才还在吉他手前面跳舞的那个少女现在站在他的面前。

那种忧郁的表情似曾相识。皮肤和头发的颜色虽然不同，但盯着他的那双眸子里却明显有东京的那个小情人的影子。

慎司向后退了一步，手中电话响了起来。

德史听到对方挂断电话，盯着手机屏幕看了一会儿，然后又将视线转回眼前的那个机器的屏幕上。德史现在在小岛北部的桑塔露琪亚车站。因为他坚信芙祐子坐着火车去了某个地方。

正像他今天早晨对榊家夫妻说的那样，这已经不是妻子第一次突然失踪了。芙祐子和他在一起的时候总是会表

---

① 意大利语，你好。

现出不安。德史认为，她之所以想单独行动，就是想逃离这种不安，而绝不是想逃离自己。找到她，将她揽在怀里，她就会放心，然后过一段时间她又会陷入同样的不安，饱受折磨。他知道这种事情没完没了，但即便如此，他也不能丢下她不管。对于他来说，妻子芙祐子是他失去很久的真正欲望的象征，是一位勤奋的老师。德史觉得，如果失去了她，自己就会像一个还没睁开眼睛就被抛弃的雏鸟，在欲望的泥泞中跌跌撞撞，很快便会窒息而死。如果错失时机，说不定自己真的会是那种下场。十八九岁的时候，他对所有的女人都失望了，因此避免了那种下场。他当时感觉自己得到了救赎，感觉自己就此终老一生也没关系。——但是，后来仍然有很多女人被他的外表吸引，为他献上自己的身体。她们都希望将他据为己有，让他变成她们人生的一部分，增强她们原本就很强烈的虚荣心。但是，突然出现在他人生中的芙祐子与那些女人不同。她无私地爱他，试图将自己的全部奉献给他。两人刚刚约定登记结婚的时候，芙祐子眼中含着泪花，骄傲地将自己以前努力攒下的五百万日元的存折交给了他。当然，以前也有一些女人想要花钱和他上床。但是，芙祐子这个行为的意义和那些女人的行为在本质上是不一样的。别的女人都摆出一副高高在上的样子，试图俯身将他舀进自己的碗中，而她却只是使尽浑身解数想要追上他。芙祐子拼命地努力，好像只是想要与他合为一体，而不是想让谁变成谁的一部分。——这里面当然也有性方面的含义。芙祐子的爱情和她的性欲完全一致，无论什么时候都非常旺盛。在与女人交往中总是处于被动的他被芙祐子强大的生命力卷进来，将结婚前所有的复杂手续都交给了她。芙祐子拼命地追上他，又得拼命地拽住他。她努力地履行着这个艰难的职责，这一切都是为了得到他的爱。

德史不知道自己的哪一点让她爱得如此痴迷，因此，一开始他感到害怕。但随着交往的深入，他逐渐对她产生一种敬畏之情。看到她只要得不到自己想要的爱，就撒泼打滚痛苦万分，他便感觉以前自己的欲望的表现形式出了问题。他想跪在她面前请她赐教。他不止一次在内心强烈地祈求，希望自己变成芙祐子那样。但或许他的心还不够坚强，不足以忍受那种生活方式。虽然两人已经结为夫妻，但不管是现在还是未来，她都永远不会完全追上他。只是，如果两人距离太远，她就会迷失自己——于是，这也就意味着德史将会失去他的理想姿态。他也还没有放弃自己的未来。

他小心翼翼地用指尖触摸着触摸屏上的英国国旗，然后按了一下切换画面上出现的英文字母 P。P 是她最喜欢的英文字母。Peter、potato、Picasso、pudding、peach、peanuts、pumpkin、Paris、pearl 的 P。Peter 是她小时候养的一条狗的名字，直到现在她还将那条大型犬的照片放在钱包里随身携带。现在，屏幕上出现了一个叫做 Padova 的车站名。

Padova 9.0 EUA

他手里拿着车票，伸头看了一眼车站的电子显示屏。他要乘坐的那趟列车已经开进十九号线，五分钟后就要开车。德史慢慢地在车站里走着，在喧嚣的人群中寻找芙祐子的身影。他在角落里的小卖店里买了一瓶常温的可乐。打开盖子之后，褐色的浑浊泡沫喷溅出来，弄湿了他的手。车站广播里传来十九号线电车出发的通知。他跑了起来，乘上那辆银白色的列车。

Padova 是第二站。

车站前面有一个宽阔的长途车站。车站这边，出租车司机倚靠在各自的出租车上等待乘客。从那个挤满世界各国游客的明珠小城来到这里，乘坐电车不过二十分钟的车程。但与那个喧闹的小岛相比，这里更像一个稳重踏实的主妇凸起的额头，安静闲适，到处弥漫着生活气息，所有的一切都干净利落，有条不紊。空气干爽清新，既没有海潮的腥味，也没有很多人聚集在一起产生的闷热气息。德史不由得伸开双手，做了一个深呼吸，然后在大路上走了起来。麦当劳旁边有两家餐吧，然后是药店和手机店。走了不到五分钟，一条小小的运河从前方穿过。这里的运河也和那个小岛上的运河一样浑浊，呈现出深

173

绿色，但在摇曳的水面，能够看到鱼群在深水处游动。左手边出现一个宽阔的公园，里面矗立着一栋像美术馆的建筑。对面跑过来一群年轻的男女。他们穿着同样的卫衣，乱哄哄地从德史身边跑了过去。妻子想必不会在那群人当中。但德史依然忍不住在路这边停下脚步，凝视着他们。那群年轻人离开之后，他再次转过身来，朝前方迈开步子。

过了邮局，突然变成一个闹市。高级名牌的专卖店、四层的商场、四方形的广场、珠宝店、电器店、餐吧、餐吧、许多餐吧……德史不停地往前走。虽然石板路凹凸不平，几次差点崴脚，但是拱廊挡住了热辣辣的阳光，阴凉里的道路凉爽舒适。途中，他在一家名牌专卖店前面停下脚步。橱窗里陈列着围巾，是芙祐子可能会喜欢的那种围巾，质地柔软，颜色鲜艳——德史感觉到专卖店里面一个中年女人的视线。她站起身为德史开门，然后完全不给他考虑的时间，三下五除二就让德史买下了那条围巾。德史走出专卖店，仍朝着原来的方向往前走。途中又遇到一条运河，但这条运河的宽度只有刚才那条运河的一半左右，以至于若不低着头就根本不会发现前面有条河。拱廊继续向前延伸，仿佛连着另外一个城市，很长很长……

视野突然变得开阔，前面出现一个椭圆形的大广场。德史离开拱廊街，走向那个椭圆广场的中心。中心位置有一个喷泉，道路在那里变成一个十字。互相垂直的两条路中间有一个草坪，有人躺在那里休息，有人在吃东西。走到喷泉的时候，德史在长凳上坐了一会儿，缓一缓疲惫的双脚。不久，他明显感到了饥饿。这种饥饿感有鲜明的形状，仿佛将手伸进喉咙就能掏出来。感觉很强烈，让人觉得它似乎马上就要冲破喉咙对人大声诉说那种迫切的感觉。原来，空气变得干爽，饥饿感也会不同。德史猛地起身，快步离开广场，走到拱廊街另外一侧的道路上。不久，他看到一家有些乡土气息的商店，里面的橱柜里摆放着各种各样的熟食。

　　走进去之后，他先隔着柜子指了一下贻贝烩饭。当班的是一个胖胖的少女，脖子上戴着一条串珠项链，一副好战的样子，用双手的食指比划盒子的大小。这么大？这么大？德史默默地比划出一个最大的四边形。然后，他的眼睛迅速扫视了一下其他熟食。他想吃的有很多。德史指哪个，少女就给他拿哪个，将圆球形的炸丸子、莫萨利拉干酪馅饼、酱茄子统统放进餐盒里。明明知道自己吃不了那么多，但德史却仍想尽快将它们都塞进自己的胃里。少女用里面的微波炉将该加热的东西加热之后，用白纸包好每个餐盒，用橡皮筋捆住。德史脸上顿时洒满阳光，让每个与他擦肩而过的人都不由得垂下视线。他确信自己的欲望得到了满足，迈开坚实的步子，提着沉重的塑料袋回到那个椭圆形的广场。

他在一个人很少的树荫下坐下来，赶紧将买来的熟食铺在草坪上。他先用少女给他的塑料叉子舀起一口烩饭，慢慢地品尝了一下海鲜的味道，然后大口大口地吃了起来。他盯着草坪和碎石子路的分界线，漫不经心地吃着。吃饭的时候，他的心很平静。最后，只剩下一块圆球形的炸丸子。里面有一种和烩饭的味道相似的大米。他使劲张开口，分三口把它吃了下去。

在视野的角落里出现了一辆自行车。一个人从自行车上下来，跑上草坪，在与德史近在咫尺的地方坐了下来。但德史装作没有看到他，因为他不擅长跟外国人交流。他将吃光的餐盒收起来放进方便袋里，将战场打扫干净。以后再也不会回到这个地方了。原本他来这里也没有什么目的。反正芙祐子也不会在这里。但是，即便如此，他仍旧装作没有发现那个人。至少在饿得难受的肚子得到完全满足之前。那么，赶紧去别处吧。德史将方便袋塞进黑色的开合式垃圾桶里，迈开步子朝车站的方向走去。虽然感觉到刚才那辆自行车离自己越来越近，但是他仍毫不留情地无视它的存在。在东京的咖啡馆里，他已经习惯对每一位顾客笑脸相迎，同时他也已经习惯对别人视而不见。Buon giorno①！是一个浑厚的男声。那个声音的主人正和他并排走在一起。但是，德史却根本不扭头。男

———————————

① 意大利语，你好。

人在他旁边推着自行车，说了一句"Buon giorno"，探出身子，终于挡住德史前进的路。这样一来，他也只好停下脚步，一脸不情愿地打了一声招呼"不恩金鲁诺"。

"你去哪里？"

男人用英语问道。他留着短发，里面夹杂着许多白发，牙齿参差不齐，年龄大概跟德史的父亲差不多大。白眼球已经变得像摔碎的鸡蛋一样混浊。衬衣胸口敞开的地方露出很多灰色的体毛，只有握着自行车车把的手臂显得格外健壮。"我是个鞋匠。"也许是发现了德史的视线，他停下脚步，让自行车靠在自己的身体上，朝德史伸出双手，向他展示自己那双光滑的手掌。

"对了，你要去哪儿？"鞋匠又让德史看了一下自己的手背，问道。德史答了一声"车站"，然后走了起来。你从哪里来？什么时候来这里的？旅游吗？你的职业是？——对于所有的这些问题，德史都用蹩脚的英语一一回答。他一边回答，一边在大脑中搜寻表达强硬拒绝的词汇。"我家从我爷爷那代就是鞋匠。工厂里有很多中国工人。他们干活很卖力，多亏了他们。我一会儿去工厂。一起喝杯咖啡吧。"男人发出邀请，"再往前走一点，有个咖啡馆，是这个城市里最老也是最好的咖啡馆。"德史本来想说"不用了"，但还没等他拒绝，那个男鞋匠已经伸出手来握住德史的手。

"我叫勒内。"男人做了自我介绍。

"我叫芙祐子。"德史报上妻子的名字。

　　上午，耀子最后一个从酒店出发，在圣扎卡里亚码头乘上水上巴士，漫无目的地沿着运河逆流而上。

　　船开到火车站，然后开出了运河，沿着逆时针方向围着小岛转了起来。她没有在船舱里的座位上就座，而是站在甲板的前方，茫然若失地吹着海风。岛的西侧有一艘巨大的白色客船，平静地漂浮在水面上，让人不由得怀疑自己的眼睛。耀子数了一下那艘船上的小窗，还没数到二十便放弃了。水上巴士在几个没人的码头停靠了一下，不久就来到岛的后方。电车和小汽车通行的那条路是通往陆地的唯一一条路，就像一根落在深绿色布料上的细长银线，在波浪间闪光。小岛的正面，到处都是用大理石建成的各种寺院和教堂，金碧辉煌，而离大陆较近的背面，却完全像另外一座岛屿，悄无声息。但是，正因如此，从正面的喧嚣中吸取的热量和颜色，就像一剂药效缓慢的麻药，从内部慢慢地渗透出来，渐渐模糊了耀子的视线。水上巴士逐渐靠岸，岸上有一栋红砖砌成的大型工厂。一个戴着纽约扬基棒球帽的少年和大概是他母亲的女人站在这边的码头上。两人起初好像都紧绷着嘴唇，眉头紧锁，但在下一个瞬间好像又露出满脸微笑。水上巴士减速之后，发动机音量增大，低沉的声音让乘客产生一种熟悉的不快。乘客们就像是要躲开一个脏东西，将视线投向远处起伏的波浪之间，只有耀子伸长脖子，盯着码头上的那对母子。这时，一股强烈的孤独毫无征兆地向耀子袭来。

她从未在自己的婚姻生活中期待爱情。她不可能要求那个自己根本不爱的对方爱自己。但是，即便如此，她也没有放弃自己对爱的追求。当这种突发性低气压似的孤独像暴风雨一样席卷她的身心时，她就会体会到这一点。感情越来越淡，唯有这种孤独不曾失去丝毫光彩，反而随着岁月的流逝变得愈发浓烈，愈发抽象。我爱他吗？因为他不爱我，所以我才会感到孤独吗？这里所说的"他"，可以是慎司，也可以是德史，可以是别的任何人，这些都无关紧要。她因此感到痛苦。而且，没有人发觉她的痛苦，是这孤独唯一的救赎，也是最令她感到绝望而无可救药的地方。

她想起了芙祐子。芙祐子成功摆脱了这种无尽的孤独，只管从一个具体的男人那里寻求爱情……她之所以消失，并非因为她那幼稚而善变的性格。她觉得这一切都是自己教唆的。自己现在假装去找她，但也没有什么用。她肯定被人抢走了所有的财物然后被人扔到了运河的河底，成为倒霉的游客代表。或者遭人肢解，埋在某处的院子里。——即便这一切真的是自己唆使的，她也并没有像自己想象的那样觉得芙祐子可怜。但是，她之所以感到孤独，并不是因为她想赎罪。或者应该说，如果芙祐子真的死了，她甚至想将自己这条被这低级而幼稚的孤独折磨得痛苦不堪的生命分她一半。

这座岛上的太阳、湿气和颜色已开始让她变得疯狂。

这些东西正逐渐侵蚀着挡在她前面的那堵铁壁，试图将很久没有听到的那个小耀子的呼喊声传递到她耳边。她已经无法判断，现在自己感受到的这种孤独，是封存在灵柩中的那个自己的孤独，还是沐浴着海风一本正经地站在这里的这个自己的孤独。只有一点是清楚的，那就是只有他能将她从这种悲壮的孤独中救出来。因此，耀子希望他再疯狂地抱她一次，让他抵达自己身心的深处——利用这个机会，杀掉那个伪装的自己，用他的热情温暖那个真正的自己，让她永远苏醒。

但是，最关键的那个他却把她忘了。

而且，她现在正独自坐在船上，寻找他那个自私而且又愚钝的妻子。

耀子抬起头，迎着海风，感觉这个世界上的所有过剩的幸福都在此刻得到了报应，急得直跺脚，差点踏破船底。但是，她不会为了博爱而牺牲自己。她想要真正的快乐，想找到真正的自己重新来过。因此，她无论如何都需要那个男人！

水上巴士停靠在码头，戴纽约扬基棒球帽的少年和他的母亲上了船，耀子与他们擦身而过，下了船。除了耀子之外，没有别人下船。水上巴士朝下一个码头驶去，越来越远。

一对乘坐私家船的半裸男女，在眼前的波浪中前行。他们戴着情侣太阳镜，女人搂住男人的脖子，露出白色的牙齿笑着。耀子脸上自然露出微笑。即便身处这种无尽的孤独当中，她依然能够以令人吃惊的宽容心对待陌生人的幸福。

　　码头前面有一条笔直的土路，上面长着草。耀子没有走向工厂的方向，而是沿着这条小路走了起来。不久，前面传来孩子们的欢笑声。偶尔还有刺耳的哨声。左侧的墙上挂着一个黑红条纹相间的招牌。紧邻的旁边的海报上，画着一个穿着相同条纹衬衫踢球的孩子。那个孩子将脚抬过头顶，用力将足球踢飞。金属网的里面是一个足球场。大概数一下，里面也有二十个孩子。一个穿着荧光黄运动衫的秃顶男人正和孩子们一起跑来跑去。大海的味道很淡，阳光曝晒下的草坪发出淡淡的草香，弥漫开来。耀子推开金属网，走进了足球场。没有人喝止她。

　　长长的边线外侧有一个缓缓的斜坡，地面上放着三排红色的长凳。坐在那里的好像是那些男孩的家人，他们正关注比赛的进展。耀子在第二排最靠边的座位坐了下来。但是，没有人注意到她。她放心了。对，没有人注意到我。这样就好。因为现在坐在这里的我是赝品……我虽然在这里，其实却根本不存在。除了他之外，没有人能把我带回那个正确的位置……后背贴着号码的小小的身躯在耀子眼前跑来跑去。他们就像穿着运动装的旋风。脖子上挂着哨子的那个男人拼命地赶着风，有时也被风追赶着，在草坪上跑来跑去。他是裁判员。耀子紧紧地盯着他，心里需要他。赝品需要一个裁判。她需要被警告、被指责、被罚下场……

一个孩子倒在地上，裁判员马上吹响哨子。嘹亮的哨音顿时传遍整个球场。少年和坐在观众席上的大人同时发出叹息声。当裁判员准备跑过去抓住他的手的时候，有人从后面拍了一下耀子的肩膀。

"你来给谁加油啊？"

耀子回过头去，看到一个红头发的女人手里拿着一个没吃完的苹果，对她笑着。

"不，我只是路过。"

耀子附和着那个女人，用明快的英语回答。

"只是路过？那你好幸运啊。这可是一场非常重要的比赛。我儿子是蓝队七号。"

女人一边啃着苹果，一边骄傲地用手指着穿着蓝色运动衫的七号少年。

"你是日本人？"

Si①，耀子平静地微笑。

"我叫安娜。"

她将苹果放到左手，伸出右手。耀子条件反射似的跟

——————————

① 意大利语，是。

她握了手，可不知道为什么，她一时语塞，没有对她说自己的名字。安娜似乎有些失望，转向足球场，大声喊儿子的名字。马可，马可！

耀子受不了，从手提包里取出手机。德史的名字显示在手机屏幕上。这个号码是丈夫告诉她的，而不是德史本人告诉她的。耀子开始犹豫。她现在很想听一下他的声音。她想用和那个哨子一般大的声音大声呼喊：跟我上床！

"喂喂。"

电话那头传来了慎司的声音，明显很不高兴。

"找到了吗？"

"不，还没有。"

"那怎么啦？"

"没什么……你那边怎样？"

"根本没什么线索。差不多得回酒店了。你现在在哪里？"

"不知道。可能是在岛后面吧。你呢？"

"我在教堂旁边。"

"教堂？哪里的教堂？"

"对了，你现在是一个人吗？那边好像很吵的样子。"

"我在看足球比赛。"

"一个人吗？"

"好像能交到一个朋友，但如果按你想的那个意思，倒

183

是一个人。"

"那真是遗憾。"

耀子挂断了电话。大声呼喊儿子名字的安娜在身后大声喊着："赢啦！"

她的脸变得比她手上的苹果更红，洋溢着一种充满激情的喜悦，好像马上就要燃烧起来似的。

"明天半决赛！"

"Ciao！"

慎司挂断电话，那个金发少女又跟他打了一个招呼。她的眼神虽然有些胆怯，声音却非常爽朗。

Ciao，慎司将手机放进口袋里，目不转睛地看着眼前的这个少女。长满淡淡的雀斑的脸庞肉嘟嘟的，有一种吸引力。肉乎乎的眼圈下方的凸起，让人想起蓝天下马上就要绽放的小小花蕾。慎司看着看着，感觉自己认识的那个少女的影子逐渐脱离眼前这个异国的少女。因此，他可以放心大胆地盯着她看了。

"一起喝杯咖啡吗？"

少女朝慎司贴了过来。

"No，No."

他嘴上虽然在拒绝，但手却已经搭在少女的肩膀上。去喝一杯也行。反正我根本不想去找那个女人……慎司的好色上进心此时也忠实地发挥了作用。他就像一个在森林中驻足的昆虫采集者，锁定目标后紧紧地盯住一个点。他觉得自己已经成功俘获这个女人。

"Come ti chiami①?"

慎司用妻子教给他的意大利语问对方叫什么名字。

"Catalina."

"Mi chiamo Shinji②."

少女连声喊着"Shinji、Shinji"，一脸高兴的样子，拉着慎司的胳膊，走进一条狭窄的胡同。

在一个昏暗的餐吧里，少女卡塔丽娜与慎司面对面坐下。这里除了他们之外没有别的顾客，只有里面放着一台游戏机。一个店员走了过来，整个右胳膊上刺着圣母马利亚的刺青。少女点了两杯浓缩咖啡，朝桌子探出身子，默默地微笑着。跳舞时不太明显的乳房沉甸甸地垂在两人拢成篮子状的胳膊上。慎司用眼神抚摸少女胸部隔着布料露出来的乳头。咖啡端上来之后，她加了两勺白糖，叮叮当当用勺子用力搅拌，任由杯子里的咖啡溅出来。然后，她抬头看着他，就像乞求一首好久没有听过的甜美音乐。看到她的眼神的那一瞬间，他突然不知道自己身在何处了。她的身上又出现刚才原本已经完全消失的那个少女的影子。对，他的确曾经像现在一样，和那个少女面对

---

① 意大利语，你叫什么名字。
② 意大利语，我的名字叫慎司。

面坐在咖啡馆里喝咖啡⋯⋯而且，那件事情就发生在前不久。

　　自从慎司在自己脸上发现那个和少女脸上一样的痘痘之后，他就再也没有回过那个房间。他以一种非常无情而且简单粗暴的方式抛弃了那个十七岁的情人。之后，他们几个月没有再见过面，他已经完全把她忘了。——然后，冬去春来。冬天和春天互相谦让着，或者说在一个像秋天一样幽雅宁静的四月初的傍晚，慎司坐在咖啡馆里，她站在他的身后敲了敲他的肩膀。当时她没有穿校服，而是穿了一件褪色的运动服，光着脚跐拉着一双拖鞋，看起来很冷的样子。而且，妆化得很不好，脸颊红得不自然，眼圈黑黑的，头发染成了俗气而且看起来十分凄凉的黄色。

　　"是你啊。"

　　慎司冲她微笑，她却不笑。

　　"怎么啦？打扮成这样，一副不良少女的样子⋯⋯"

　　没人让她坐下，她就自己坐在前面的座位上，紧紧地盯着慎司。慎司在她的眼神中看到了胆怯，同时里面又包含着一种欲望，顿时感觉亲切起来。

　　"怎么到这里来了？"

　　"我来找你。"

　　他很久没有听到少女的声音，吃了一惊。他本来就几乎没有听过她说话。这还是他第一次正经听她说话，那声音低沉沙哑，就像一个喉咙里插着吸管的病人。

"可是，这么突然，吓我一跳……喝点什么吗？这里的咖啡很好喝哦。"

她点了点头。慎司叫了一声柜台后面的芙祐子，点了一杯同样的咖啡。等咖啡的时候，少女也不说话，只有慎司在说话。但是，他也没有持续几分钟。原本两人就没有什么可说的。他们只知道用什么方式挑逗对方身体的什么部位会出现什么样的反应。他们共同感兴趣的只有这一点知识。当然，这种知识在这个咖啡馆里完全派不上用场。冷场的时候，芙祐子终于把咖啡端了上来。她脸上带着微笑，但慎司却感觉她明显在怀疑这个过于瘦弱的女孩和自己的关系。

"这是我妻子的姐姐的孩子。算是我外甥女。"

听了慎司的解释，芙祐子好像终于松了一口气，但她却装出一副早就知道他俩关系的样子，微笑着说了一句"请慢用"。然后，她又冲着少女微笑了一下，少女却始终板着脸。芙祐子抱着托盘回到柜台里面，再也没有人盯着这对姨夫和外甥女看了。

慎司没有想太多。他觉得这外甥女也许是偶然从这里经过，也有可能是耀子让她来送什么东西……她不可能是在跟踪自己。这肯定真的只是一个偶然。——咖啡端上来之后，少女加上白糖，一边搅拌，一边从正对面盯着慎司。她的视线变得强烈，甚至可以说是瞪视，眼神中已经没有了刚才的胆怯。即便如此，她容貌上的变化依然让他感到失望。以前，她的头发铺在雪白的床单上，黑得发绿，很美，是那种女人过了一定年纪就不会再有的颜色。他曾无数次将手掌贴在她的头发上抚摸，那种让人心醉的触感……然而，现在呢？少女的头发已经严重褪色，变得非常难看。发梢几乎变成半透明的。以后再怎么好好保养，也不会再恢复那种绿色的光彩……最令人痛心的是，她自己并没有意识到那种色彩的宝贵。那么有价值的东西，那种与生俱来、无可替代的天赐优点，被她轻而易举地舍弃……如果说在两人的这段关系中，慎司有什么后悔的，那就是没有好好地向她说明这种美的价值。这个少女的容貌已经变得贫瘠，他已经无法再爱她。甚至一点点再爱她的可能性都没有了。像这样和这种女人无言相对，对于他来说仅仅是一种痛苦。他开始认真思考，如何让对面盯着自己的这个女孩离开而又不让她恨自己。——脸上依旧浮现着绅士的微笑。

"没去上学啊？"

少女摇了摇头。

"我记得你是高考生。考上大学了？"

她又摇了摇头。

"没考上吗？"

她咬着嘴唇，这次没有动。

"这样啊……"

慎司调整了一下笑脸，在表情中增加了一点失望的色彩。但她的表情却没有显示出任何变化。

"那现在……在上复习班什么的吗？"

这时少女才终于摇了摇头。慎司已经不耐烦了。他恨不得马上结束这种没有意义的对话。喝光杯子里剩下的咖啡站起身来。他决定独自离开这里。

"我还有工作，要走了。我会把钱付了，你在这里慢慢喝。"

他迅速走向收银台，把钱付给芙祐子后走出咖啡馆。春风里残留着一丝凉意，夹杂着一种熟悉的味道，就像很久以前母亲叠给自己的崭新折纸的味道。他迎着风，穿上手中的外套。但是，这时那个穿着运动服的少女已经从容地站在他的旁边。

"哎呀，原来你也出来了啊。"

少女抓住慎司的手。她的手很凉。原本应该立即将她的手拨开，但错就错在他在拨开她的手之前看了她一眼。事情已然发生，他无处可逃了。

"天冷……"

她眼睛里闪烁出苍白的光芒。两人乘上出租车去了那个房间。然后，两人在冰封的空气里，落满尘埃的床单上，长时间抱在一起做爱……

卡塔丽娜正在抽烟。

她的另外一只手正隔着裤子抚摸他的大腿。口中吐出细细的烟，嘴角露出一种暧昧的微笑，也不知道她有没有听明白。

慎司看到她的样子，突然感觉好像将自己今年春天与情人再次相遇时的整个经过都讲了出来，虽然他已经不确定刚才自己是用日语还是用英语讲的了。

然后，为了验证一下自己的感觉，他小心翼翼地继续说道：

"你和那个女孩有点像。"

"Ok，那我们就给那个女孩买个礼物吧。"

"礼物？"

"那边就有一家很好的手套店，我带你去，等一下。"

卡塔丽娜从座位上站起来，消失在显示有洗手间的那个走廊里。

然而，她再也没有回来。

慎司决定不再等他，起身离座，正要付款的时候才发现口袋里的手机和钱包都不见了。

德史跟着鞋匠来到店铺林立、明亮整洁的市中心，走进一家像老字号高级酒店的休息室一样优雅庄严的咖啡馆。露台上均匀地摆放着八张圆桌子。一对白发的欧美夫妻正在阴凉处的桌子上喝着柠檬水。鞋匠指着里面，想让他去那边，大概是在说：里面很宽敞，到里面好好看一下，找个地方。德史穿过露台，往昏暗的室内瞧了一眼，不喜欢里面深红色的地毯，就指了一下外面的圆桌。他已经不饿了，而且也喝了很多水，肚子已经撑得不行。但是，他觉得只喝一杯咖啡的话没问题，于是决定点一杯浓缩咖啡。他小声说了一句"意式浓缩咖啡"，鞋匠就叫来服务生，按照客人的希望为他点了咖啡。他好像点了另外一种，但端上来的两杯却都是浓缩咖啡。德史拿起两包印着 caffè Pedrocchi 标记的砂糖纸包，将砂糖放进咖啡里，也不搅拌就直接一饮而尽。而鞋匠却只往自己的咖啡杯里加了一块方糖，若有所思地慢慢搅拌之后，一点点地将颜色有些变深的琥珀色液体含进嘴里。他不再说话。语言好像都已经被他的上颌融化。但是，德史恨不得马上离开这里，去寻找他的妻子。"我得走了。"德史感觉自己好像说过这句话。而且不止一次，很多次……

鞋匠长满皱纹而且泛白的嘴唇舔着杯子。德史又对他说了一句：

"我得走了。"

鞋匠笑着摇了摇头。"他不打算让我走。"德史心里想着，内心愤怒起来，于是转开视线。刚才来点单的那个服务生站在露台的入口处凝视着这边。扭过头去，发现喝柠檬水的那对夫妇也不时地往这边看。德史越发感到坐立不安，马上站起身来。但是，鞋匠不让他走。"坐下！"德史听到他的命令，又坐到藤椅上。到底为什么呢？德史希望妻子看到自己和这个鞋匠在一起。同时他又感觉，妻子已经发现了他和这个鞋匠。即便是现在这个瞬间，她也正躲在某个窗口，举着望远镜监视他们的一举一动。德史想象着妻子的视线，又抬起头来，盯着对面的那个鞋匠。

像摔碎的鸡蛋一样混浊的白眼球上浮现出的蓝眼球，竟然呈现出一种通透的淡蓝色。鞋匠将手放在德史的大腿上，就像在确认地板的强度似的，使劲按了一下。德史希望潜伏在附近的妻子看到这幅情景。不久，两人站起身离开咖啡馆。坐在圆桌上的那对老年夫妇的柠檬水只剩下一个杯底，在阳光下闪烁。

鞋匠的家位于一个三层小楼的一层和地下。

房间里十分萧条，就像刚搬过来似的，里面几乎没有什么东西，也没有照片之类的物品。明明刚刚喝过，可鞋匠又做出一个拿着杯子的手势，问他要不要再喝一杯咖啡。德史摇头，可他还是冲了两杯浓缩咖啡放在桌子上。然后，他让德史在桌边坐下，自己拉过一把椅子，坐在他的对面。

"你认识我妻子吗？"

德史没有喝咖啡，而是问道。但鞋匠听不懂德史的英语。他面带悲伤地摇摇头，只是默默地微笑。

由于窗户紧闭，外面的声音一点也听不到。近乎半透明的白色窗帘在中午的阳光下显得暖暖的。

德史突然感到饥饿。

原本鼓鼓的肚子像针扎般疼痛。不可能，明明刚吃了那么多……但是，那毫无疑问是一种悲怆的饥饿信号。德史站起身来。这时鞋匠使劲拉住他的胳膊，就像在咖啡馆里的时候那样，又让他坐在沙发上。鞋匠深深地叹了一口气，将咖啡杯放在桌子上，站起身走到起居室的里面。那边肯定是厨房。德史竖起耳朵，听到冰箱发出低沉的声音。

过了一会儿，鞋匠回来了。他手上端着一个大盘子，盛着很多食物。他将那些食物摆在德史面前。塞得鼓鼓囊囊让人感觉马上就要撕裂的炸鸡、带壳的核桃和开心果、面包、深颜色的干果、厚厚的切片火腿、就像刚出生的婴儿一样浑身带着血而且泛着油光的烤肠……然后，他拿来一个小小的酒精炉，开始在桌子上烘烤那些食物。食物的香味刺激着德史的鼻子，他在鞋匠的劝说下不停地将那些食物放进嘴里。食欲真是个无底洞。他贪婪地吃着。其间，妻子的身影完全从他心里消失了。鞋匠什么都不吃，只是在不停地为德史服务。他脸上浮现出一丝微笑，一种像小小的烛火一样的幸福在他的眸子里摇曳。

很快，所有的食物都被吃光了。然后，鞋匠又为客人冲了一杯浓缩咖啡，端了上来。

德史倒在沙发上，醒过神来的时候，发现自己已经躺在上面。好困。鞋匠心满意足地坐在对面的靠椅上，看着他。

睡吧。鞋匠说道。

怎么可能睡着？在一个陌生的外国人家里，而且，现在我在找我的妻子。

但是，他还是闭上了眼睛。

一次长久而且安稳的睡眠很快便裹住了他的整个身体。

耀子回到加布里埃尔酒店的客房，看着窗外的沿海路。

一个穿着荧光黄运动衫的裁判脖子上戴着口哨，正从圣扎卡里亚码头朝这边跑过来。他正在寻找违规、失败与欺骗。为了给他们发出警告，他心无旁骛，不停地奔跑。我在这里！耀子拼命地呼喊，他却根本不抬头向上看。——因为他要揭发的那些罪恶，总是发生在地面上。

耀子坐在卧床的边缘。现在虽然已是下午五点，但日头还很高。

约定的集合时间是十二点。丈夫是不是因为自己没在约定的时间出现，生起气来，去了别的什么地方了呢？给他打电话也不接。芙祐子到底找到了没有呢？还平安活着？如果那样就好了。耀子心中感到不快。

她站起身走到镜子前，在脸颊和鼻子周围扑了一些粉，梳理了一下头发，然后走出房间，走向三〇四房间。她敲了一下门，喊道："德史先生，芙祐子？"没人答应。她又更加用力地敲了一下门，抬高了嗓门。"德史先生，芙祐子？"仍然没有人答应。她又一次抬高嗓门。"德史先生？"

最后，旁边房间里的客人打开门，伸出头来，一脸怨念地瞪着耀子。她放下握紧的拳头，回到自己的房间。

他们，他们到底去了哪里？她现在孤身一人。慎司、德史和芙祐子都没有回酒店。她根本不想报警。即便是今天早晨，她那样固执地主张报警，也并非出于本意。在那种场合，必须有一个人出来这样提议，她只不过忠实地履行了这个职责。像这种一本正经的发言，必须有一个人提出来，迟早而已。再怎么与众不同的一群人，再怎么不接受正经人的群体，也总有一天至少需要一个正经人。因为，如果没有这种一次性的柱子支撑，集团就会很容易崩塌……但是，她现在感觉自己吃了大亏，觉得自己就是为了成就这个岛上的几百对男女的爱情而供奉到神前的祭品。为了让自己更像一个祭品，她脱掉了自己身上的衣服。然后，为了让裸露的美丽乳房摊开更大的面积，她仰面躺在床上。耀子想到了德史。为什么他不来救我呢？为什么他没认出我呢？我都准备得这么好了。不只是现在。早在十五年前我就准备好了！她在船上感到的那种令人恐怖的孤独，被火一样的烈日蒸热，吸取岛上所有阴凉处的水汽，在三〇一号房间的寂静中放置了很久，终于变成一种强烈的渴望。她想着昨天在里亚尔托桥上触碰到的他那坚硬的手指根，开始用自己的指尖在乳房的线条上描画。

她心中祈祷着，手指逐渐爬上柔滑的斜坡，触摸到和他的指根一样坚硬的乳头。指尖继续向下移动的时候，外面响起了敲门声。

耀子起身。他终于来了吗？强烈的相思终于将他拉过来了吗？她赶紧穿上一件衬衫，盖住裸露的胸部，没有穿内裤，直接穿上裙子，没有通过猫眼看一下外面就猛地打开了门。

"哎呀，晚上好。"

站在门外的是那个闯入者。是那个被三个正值青春的女儿和妻子丢在一边的可怜父亲——他穿着一件跟他一点不搭的黑色绸缎衬衫，头上的发蜡黏糊糊的，发着油光。

"突然打扰，抱歉……以为您还没回来呢……"

"那您为什么在这里？"

"哎呀，这个么……我是想，如果您在的话，能否陪我喝一杯，作为这次旅行最后的回忆……"

"对不起，我要休息了。"

"您一个人吗？"

男人像幽灵一样嗖地进入了房间。他的速度太快，耀子没能把他推出去。

"对不起，我要休息了，请离开这里。"

"您先生呢？"

男人不等招呼，就自己坐到床沿上，抬头看着她。耀子看着这个面带微笑的男人，浑身起鸡皮疙瘩，感到一种强烈的作呕和恐惧，站在那里一动也不敢动。她从一开始就知道自己讨厌这种夸夸其谈的男人，只是在另外三人面前，她故意装出一副和蔼的样子与他接触。但是，同时她也非常清楚，这种男人最容易被像她这样除了漂亮的脸蛋之外别无可取之处的女人迷惑。

"出门啦？把这么漂亮的太太独自留在家里……"

男人眯起月牙一样的眼睛，不怀好意地笑了笑。耀子慌忙扣好刚才随便披在身上的衬衣的所有扣子。

"我先生马上就会回来。这样不好，请出去。"

"不，应该不会马上回来吧。"

"为什么这么说？"

"我看见了。您先生正和一个年轻的意大利姑娘手拉着手，高兴地在这个水城散步呢。"

"怎么可能……"

"夫人，您被抛弃了……"

男人突然站起来，走到耀子跟前。耀子恶狠狠地瞪着他的眼睛，用非常强烈的语气说道：

"请出去！"

当她伸出手去想要开门的那一瞬间，男人搂住她的身体，让她不能动弹。耀子使劲挣扎。然而，男人的力量很大，她的唇很快被他的双唇包裹。男人执着地想用自己的舌头撬开她的双唇。耀子拼命地抵抗。但是，她最终抵挡不住，屈服于男人的猛攻，松开双唇，就在这时，男人的力量也变小了。耀子趁这个机会，猛地把他推开。

"我喊人了。"

"不，我不会让您叫的。夫人，您应该清楚，是您引诱了我。现在这个结果，是您期待的。您一直在等我吧？"

耀子不回答，朝门口跑去。但是，男人再次从她身后袭来，用胳膊勾住她的脖子。她想大声呼救，但终究只是徒劳。她的喉咙被使劲压住，一点声音也发不出来。男人长得瘦弱，力气却很大。他抱住耀子，将她扔到床上。他让她趴在床上，骑在她的身上，使劲将她按住，然后开始用另外一只手解开自己的腰带。耀子把手伸向床头桌，费了好大力气才终于碰到电话的话筒。她拿下话筒，扭动着身子，使劲砸向闯入者的头部。男子大叫一声，倒在耀子的身上。他的身体冷得出奇，刚才还很有力的胳膊一下子变得软绵绵的。耀子从床上爬到地板上，拿着电话的话筒，气喘吁吁地倚在墙上。

她听到话筒里有人在用外语询问。

耀子将话筒放在耳边，客房服务员不停地问她有什么吩咐。

她让他送一杯冰镇碳酸水过来。然后，她站起身，拽着男人的身体，将他踢到门外。

仿佛过了很长时间。

她听到敲门声，打开门，看到一个客房服务生站在那里。Grazie①，耀子知道在别人眼中自己的右脸看起来更漂亮，于是伸过头去，对服务生微笑着说道。

服务生有些不好意思，也冲她微微一笑，然后消失在走廊前方。

慎司从口袋里找出一些零钱，结完账走出餐吧，再次坐在那个老吉他手唱歌的广场上。

时而有一百人或者将近两百人的旅行团穿过广场。他们看起来都很有钱，也很幸福。而慎司被人轻而易举地偷走了钱包，现在已经一文不名。那个吉他手又郑重其事地唱起《加州旅馆》——这好像是他的保留曲目。但是，这种充满哀愁的旋律，有一种神奇的魔力。听着老人热情的演唱，慎司似乎也被那陌生人的无可救药的孤独传染，不由得抱住自己的头。就在这时，他在敞口的网球衫的口袋里听到一丝微弱的希望之声。拿出来一看，那是自己为了以防万一而叠起来放在口袋里的二百欧元纸币。在一种难以违抗的使命感的驱使下，慎司立即站起身来，漫无目的地走了起来。茫然若失地在大街上徘徊了一会儿，然后在一个卖手套的商店门前停下脚步。他记得自己曾多次从这里经过，曾停下脚步观察过这里的橱窗。

慎司推开门走进商店。然后，他把钟表的时针拨快了

——————————

① 意大利语，谢谢。

七个小时。东京现在是夜里两点。她现在在做什么呢？哎，那是肯定的。那个女孩肯定梦见了我。她在睡梦中担心我死在这个城市，担心得不得了。她肯定非常痛苦……然而，其实我还活着。明天坐飞机活着抵达东京。如果几天后，或者可能是在几个星期后，活着去见她，他要脱光她的衣服，结束性行为之后把手套送给她。把她送上出租车之前，突然从包里拿出手套，隔着车窗看着她一脸高兴地将手套戴在手上。接着，出租车开动，转瞬消失在视野中……然后我就回家，耀子在那里等着我。对，最关键的是耀子。是耀子！我理想的女人，总是那么优雅漂亮的妻子，她现在正躲在这个岛上的某个地方，战战兢兢地准备与别的男人偷情。跟这个毫无瑕疵的妻子相比，那个少女算什么呢？她原本不过是上天为他和妻子派来的一个使者，不过是他为了永远让自己和妻子在别人眼中保持理想的夫妻形象而利用的几个平凡的少女之一。不，她甚至不能称为女人。她还只是个孩子啊。

然而，今天却变得稍微有些不同。

他使劲抓住眼前的其中一副手套。

那天之后，他再次与她进行了深入的交流。他的小情人热切地想要他，就像要将之前两人分离的那段时间失去的东西都补回来似的。每当看到她盯着自己，他就感觉自己心中的某种自信、野心，以及在此期间自己苦心营造的气场，都一点点地走向分崩离析。

出发前往威尼斯的前一天晚上，两人和往常一样进行了一次充满执念的性交。他决定就此断绝与这个少女之间的颓废关系。这是最后一次，最后一次！第一次性交结束之后，他还没来得及喘口气，她便又想要第二次。但他却只想蜷起身子睡一会儿，期待醒来的时候这里只有自己一个人，房间里没有少女留下的任何痕迹……但是，少女却不放弃。她几次三番地骑在他的身上，用灼热的肌肤摩擦他的身体，不停地纠缠。他穿上衣服下床，她又在背后抱住他，将他扑倒在床上，然后用力按住他的身体，吸吮他的唇，将贪婪的手伸向他的下体，试图唤醒他的欲望。"住手！"他说了一句，但少女根本不听。他使劲拨开她的手和脸，试图起身，可每次又会被她按倒在床上。他不由得打了她一个耳光。"啪！"他虽然打得用力，那一巴掌却发出一个不太干脆的声音。她一下子倒在白色的床单上。他慌忙抚摸她的脸颊，将脸贴了过去。少女既没有哭，也没呆住发愣。"我想要一个你的孩子！"少女眼睛瞪得大大的，甚至让人误以为她是在愤怒，"因为，你很快就会死了啊！"

　　慎司今年才四十二岁，而且身体很健康。自十三岁的那个清晨以来，死亡这个概念就像一条作废的合同条款，被他抛在脑后。——他甚至认为死亡离自己很远，仿佛那只是生活在遥远国度里的那些信仰笃诚的人们注定的命运，与自己无关。但是，在这个少女的眼中，我却已经变

201

成一个蒙上死亡阴影的悲哀老人！知道这一点之后，慎司的心剧烈震动。也许，他是受到了伤害？于是，在完全不同的另外一种意义上，这个少女白皙的双腿、柔软的汗毛、绯红且微微卷起的樱桃小口，在慎司眼中突然变成一种非常宝贵的东西。那是青春。少女正值青春！似乎一切都还没有开始。他掩饰着自己内心的动摇，在这个因耀眼的青春光芒而逐渐与他的立场发生逆转的情人面前，拼命地虚张声势。

"别瞎说！多不吉利啊。我还很年轻呢。还不会那么容易死掉。"

少女抬头看着他。视线中夹杂着崇拜与怜悯。

"对了，明天我就要去威尼斯了。"

少女突然变了脸色，哇的一声哭了起来。出去旅游干吗呀，大笨蛋，不知羞耻！只有那些觉得病死或被车撞死不够刺激的傻蛋才去旅游呢。——她一边哭着一边这样喊道。从她的口中说出这么长一段意思连贯的话还是第一次。

"真讨厌，总是这样想着死啊死的，没准就真的会死的……差不多就行了，别哭了！你要是还这样哭，我就真的走了。"

她没有说话。装作不再哭的样子，可一会儿又实在忍不住，俯下身子抽泣，偶尔怨恨地抬头看他一眼。

"你想要件什么礼物？"

慎司从椅子上站起来。她伸手拿了一张纸巾，擦了一下沾满泪水的眼角和鼻子周围。染成那种刺眼色彩的头发，现在也恢复了原来的样子，重现美丽的绿色光泽。少女又变成慎司在结婚宴会上与她初遇时的模样。那时他有时甚至会想，自己可以仅在精神层面上与她相爱。他拉过这个小情人的脸庞，亲吻她的唇。

"我也干脆死了算了，带我一起去吧！"

她的眼中再次充满了泪水。泪水流到脸颊上，呈现出淡淡的乳白色。他用手指卷起一张纸巾为她擦拭眼泪。她又大声哭了起来，扑进男人的怀里。慎司取下手指上的湿纸巾，抚摸她美丽的头发，隐隐有些作呕，就像酒醉后的感觉，很难受。

"那不行……"

他一边抚摸她的头发一边说道。其间，不停地吞咽酸酸的唾液……

"我太太也去，朋友夫妻也去。对了，上次你也去过的，就是那家咖啡馆的那对夫妻……那个给人感觉很好的……那对夫妻和我们都去……根本不可能偷偷地把你带去……到时我不可能抽身出来陪你……"

她的头就像被什么东西猛地弹起来似的，脸上的表情十分坚决，让人不敢直视，再次让他感到不知所措。她这样说道——

"反正你很快就要死了！"

一个浓眉的青年站在收银台后面紧紧地盯着他。

慎司从齐腰高的货摊上拿起一副手套。那是一副鲜艳的绿色羊皮手套。慎司又将那副手套放回货摊，拿起对面的一副红色手套。旁边那副粉色的也不错。他右手拿起红手套，左手拿起粉手套，看着镜子中的自己，进行比较。没有任何感觉。红色和粉色，能有什么区别呢？不管送她哪一个，她肯定都会很高兴。以前我给她的所有东西，她都从来没说过一句不好。但是，他却用上衣口袋里的那两百欧元纸币把红色和粉色两副手套都买了下来。他想让她高兴两次。结账的青年为他分别装进两个崭新的纸袋里，然后再装进一个蛋壳色的塑料袋里。

付了钱之后，他马上走出商店，匆匆返回加布里埃尔酒店。

拿着这样的塑料袋回去见妻子不太好。这样不会营造出一种颓废的气氛，倒可能会招致对方的嘲笑与讽刺。但是，这到底有什么意义呢？这是我和她之间的问题。

他匆匆忙忙地赶回加布里埃尔酒店。

有一条偏离大路的小路，是这几天他们四人发现的一条通往酒店的近道。他嗖地钻进那条小路。这时，一个穿着鲜艳的荧光黄运动衫、身材魁梧的男人以非常快的速度从对面跑了过来。他的口中叼着一个什么东西。太阳穴上浮现出粗粗的血管。短裤下面的膝盖有婴儿的头那么大。他越来越近。一眨眼工夫，他就跑到慎司跟前。擦身而过

204

的时候，一个震耳欲聋的声音响彻整条小路。——但是，对于慎司来说，更重要的是那个蛋壳色的塑料袋。

他匆匆忙忙地走着。还要再过三座搭在窄窄的运河上的小桥，才能到达加布里埃尔酒店……

睁开眼睛，德史便发现房间里已经变得昏暗。

"醒了？"

鞋匠那张布满皱纹的脸离得很近。他站起身，从厨房里端来冒着热气的咖啡。德史试图走向门口，鞋匠却叉开手用身体挡住他的去路。

"好了，坐下，喝杯咖啡。"

德史被一种不可思议的力量推倒在沙发上。鞋匠坐在他的面前，就像要毕恭毕敬地服侍他。嘴唇微微开启，里面流淌出德史听不懂的外国话，就像咒语一样产生一种神奇的魔力，让他无法从沙发上站起来。他放弃挣扎，为了防止自己再次睡着，竖起耳朵拼命地辨别鞋匠口中吐出来的模糊的语言。他说的好像既有意大利语又有英语。然而，稍不留神，困意就再次袭来。他感觉自己仿佛从眼睑下面浓浓的黑暗中闻到一股淡淡的花香。——那里刮着寒风，他站在风口，预感自己将会陶醉其中，甚至感到眩晕。他迎着风向前走，越往前走就感觉花香越浓。但是，当他差点就能伸手够到自己想要的东西的时候，鞋匠的声音突然变大，将他的意识拉回这个昏暗的起居室。被打断的美梦的续篇虽然不着边际，却像吃了一口半熟的烤肉，香味令人回味无穷。他就像这样往返于梦境与起居室的现实当中。突然，鞋匠含糊不清的话语断断续续地传进耳中。

"……我对你很满意哦……"

德史被他这句话从梦境拽回现实，吃了一惊，从正对面看到鞋匠直勾勾的眼神。

"因为，你真的是太能吃了……"

德史既无法点头，也无法摇头。他的身体被一条无形的绳子绑在沙发上，无法按照自己意志的力量移动半分。不行，我不能待在这里。这个人是个疯子！不，难道其实是我疯了？自己明明知道得赶紧离开这里，心里着急，却无法将视线从面前这个男人的脸上移开。

"……第一眼看到你的时候，我就知道了。"

鞋匠在一个海参状的面包上涂上很多软软的奶酪，张开嘴露出黄色的牙齿，咬下一块面包。然后盯着德史，观察他的反应，接着又咬了一口。

"我知道你是我的同类……"

这时，鸦雀无声的房间外面，传来痛苦的鸟鸣。一个黑影几次从窗帘对面穿过。梦中的花香没有留下任何痕迹，房间里充满肥腻的五花肉撒满盐巴在炭火中烧烤时发出的香味。

"你真的很能吃……就像你很爱吃一样，在此之前，我曾强奸了好几个女人……"

刚才还离他很近、坐在他脚边的鞋匠，现在正坐在对面的靠椅上，伸出趾甲发黑的双脚，嘎嘎地咀嚼着什么东西。德史感到恶心。他不想听从他那猥琐的双唇间吐出来的语言。然而，那些语言却任意潜入他的耳孔深处，发出奸笑，侵蚀耳中那一片片记忆的褶皱。在德史失去焦点的视野中，鞋匠满嘴黄色的牙齿时远时近。

"……至于有几个人，我没有数过……可能有几十人甚至上百人，或者也有可能有上千人……有时女人有意识，有时没有……有两三个人差点被我杀掉……只是差点杀掉，并没有真的杀掉哦……但是，我不知道她们死了还是没死……因为我没看到最后结果就离开了……对，不全都是女人。有时也有男人……说实话，我想要的时候，男的还是女的都无所谓……刚才在你昏迷不醒的时候……我也占有了你……你根本没发现吧？……我很有技巧的。"

烤肉的味道突然变浓。遇到一种夹杂着水汽的东西，热油四溅，发出哧哧的声响。

"你也是一样的……你以为你掩饰得很好，因为你很能吃……因此身体状态很好……在我们这种人身上，一般人正经的理论是行不通的……我们天生被赋予了一种特殊的欲望……这个世界上有拥有各种才华的人……有唱歌才华的人会成为歌手，有绘画才华的人会成为画家，有口才的人会成为律师或者政治家……而大多数没有任何才华的

207

人，就对那些人进行一些拙劣的模仿，赚一些小钱……欲望也是一样的。我们拥有的是一种特殊的、真正的欲望……别人身上那一丁点的欲望，不过是对我们的真正欲望的模仿，是伪劣品……"

鞋匠从椅子上起身，消失在黑暗中。过了一会儿，他又走了回来，手上拿着一大块动物的肉，上面冒着白烟，肥得流油。他打开桌子上一个带盖的小壶，用浸在那里的一把毛刷将里面透明的液体涂在肉上。然后，一种难以形容的香味扩散到整个房间。窗子，地毯，就连插着木槿花的花瓶，都与整个房间一起吸了一口气。

"……我们不能让那种虚假的欲望玷污我们真正的欲望……我们才是上帝的宠儿，比任何人都要高尚，都要纯洁……我们要好好地满足这特别的欲望……你应该也知道……只有这个才是我们的生存之道……"

鞋匠张开大嘴啃了一块肉。这时，德史感到臀部有一种撕裂般的剧痛，不由得缩了一下身体。他用手摸了一下屁股，指尖触摸到一种湿漉漉的东西。那是鲜血。有什么东西撞到了窗子。外面传来孩子的叫喊声。

"你以为自己什么都没看到，其实将一切都看得清清楚楚。那个欲望太大了，你只是看不到整体而已！"

鞋匠张开大口笑着说道。从他的嘴角能看到还没有被完全嚼碎的粉红肉片。德史的脸感到一阵微风拂过。就在下一个瞬间，一股突如其来的暴风伴着轰隆隆的声响从紧闭的窗子里吹了进来。眼前的景色全都被吹翻。时空被打破。鞋匠和桌子上的肉块都消失得无影无踪，现在他看到的，是一望无际的鲜花以及伏在鲜花丛中的一张女人的脸。那张女人的脸迅速唤醒他尘封多年的回忆，那是在他性活动已经开始收敛的十几岁的时候。德史差点喊出声来。——那时，即便在那些女人充满谎言的欲望的泥泞中挣扎，他有时也会突然显露出正常的雄性本能欲望。不管女人是否在他面前，那种欲望都会在他完全不可预知的瞬间出现，让他感到狼狈，同时也给他带来希望。当跟前没有女人的时候，他就用女人教给他的那种技巧性的方法，用手满足自己的欲望。如果跟前有女人，他就会不择手段地侵犯那个女人。幸运的是，每当他心中产生那种冲动的时候，身边的女人都是早就试图引诱他的那些女人，所以他也就不必花功夫去确认对方有没有那个意思。但是，在这种情况下与他有过肌肤之亲的几个女人当中，只有一个例外。那发生在他替朋友看花店的那个晚上。他现在清晰地记了起来。——对，在鲜花中瞧我的那个女人。就像刚才这个鞋匠毫无理由地侵犯了我一样，我在她还没有弄清怎么回事儿的时候就侵犯了她！但是，我知道！当我们在花店里四目相对的时候，我就知道，就像我想要她一样，她也非常想要我！然而，为什么没有发觉？为什么不明白？

他将那天晚上的事情全都抛在脑后。她穿的那件卫衣、白色的高领毛衣、脏兮兮的鞋子等，在他提上裤子系上皮带的那一瞬间就已经忘得一干二净。但是，她的眼神，她在最后一次接吻之后紧紧地盯着他的那种眼神，就像一个哭着央求了很久终于得到自己想要的东西的孩子，那种眼神……德史睁开眼睛。看到张着大嘴吃肉的鞋匠。他使劲点点头，继续咀嚼。他感觉自己心中积压了很久的一个心结终于打开了。在东京看到榊夫人的眼神时，心中产生一种嫌恶之情，那是理所当然的。那种嫌恶并不是因为他发现对方在追求他，而是因为他被对方识破。她一直试图告诉我，她从未忘记，她一直在等我……那个冬天的夜晚，在一系列无法阻挡的流程中犯下的肉体交流的记忆，支撑她活到现在。当我那天以那种方式出现在她面前的时候，她是那么惊讶！

德史突然发疯了。他大声笑了起来。

"你能看到那边有个女人吧？"

鞋匠指着窗子说道。虽然前方挂着厚厚的橘色窗帘，但德史却清楚地看见对面的楼下站着一个金发垂到胸部的女人。

"我现在去找那个女人。"

他吃完肉，用一块绿色的布片擦了一下指尖上黏乎乎的油脂。

"所以，你可以走了。"

鞋匠猛地向前，走近沙发上的德史，张开湿润的双唇

210

给了德史一个长久的吻。夹杂着血腥、油味和奶味的接吻，彻底剥夺了他抵抗的意志。

当德史再次睁开眼睛的时候，房间里只剩下他一个人了。干燥的热风不停地从打开的窗户里吹进来。一种像白色纸片一样的东西在整个房间里飞舞。

德史一下子吐了出来。胃变空了之后，德史站起身走了出去。

威尼斯小城依然阳光明媚，在下午晚些时候的湿热空气中，披上一层更加煽情的鲜艳色彩。

天气格外热，就连一排排房屋和石桥的影子都似乎被晒化，渗入脚下的石板中。有人坐在河边，将双脚放进河水中，有人躲在房子的屋檐下大口大口地喝着瓶装水。只有慎司一门心思拨开人群，匆匆忙忙地赶回加布里埃尔酒店。然而，再过一座拱桥就能看到酒店招牌的时候，突然有个人在身后使劲拉住他的胳膊。

"Signore①，您丢了东西，这个。"

慎司回过头去，看到一个少女站在那里。

这个少女和刚才那个偷钱包的少女没有丝毫相似之处。她的皮肤呈棕色，黑色的卷发垂到腹部，散发着一股异国气息。但是，慎司马上就明白了。这个少女肯定也是

① 意大利语，先生。

卡塔丽娜的同伙。

指甲上涂着指甲油的少女递过来刚才还在自己手上的那个蛋壳色塑料袋。他气喘吁吁，准备伸手接过塑料袋，不假思索地用日语说了一句"谢谢"。但是，她却不把塑料袋交给他。慎司不知道该怎么办，又把搭在塑料袋上的手收了回来。这时，少女用另外一只手抓住他的手。慎司紧紧地盯着她的眼睛。

"你是……"

"Danielle."

"Mi chiamo Shinji."

但是，这个丹妮尔没有重复他的名字。她只是稍微眯起那双像没有光泽的围棋子一样的黑色眸子，微微一笑。这双眸子也让他想起在日本等他的那个小情人的眼睛。

"我认识一个和你一模一样的女孩。"

"是什么样的女孩？"

"是一个非常非常漂亮的女孩……"

丹妮尔微微一笑，这才终于松开他的手，将手上的那个蛋壳色塑料袋递给他。慎司从里面取出包装，将红色和粉色两副手套摆在她面前。

"好漂亮啊。"

丹妮尔眼睛里闪烁着光芒。

"这是给她买的。"

“买两副？”

“嗯。”

“两副都要送给她做礼物吗？”

“嗯……”

“把其中一副送给我吧。”

慎司语塞。的确，即便不考虑这个少女的肤色和发色，她也和那个小情人很像。但是，就这样放弃一部分礼物真的好吗？

“我要这个。”

少女不等他回答，就把那副粉色的手套抢了过来，戴在她那双细长的棕色的手上。

“我现在去听吉他，一起去吗？”

“吉他？”

“我朋友在教堂前面弹呢。”

“哪个教堂？”

“步行一会儿就到。”

“刚才我的钱包和手机被偷了。”

“被偷了？被谁？”

“卡塔丽娜。你认识吗？”

“是哪个卡塔丽娜啊。这里有好多卡塔丽娜。”

丹妮尔返身，迈开大步走了起来。从后面看时慎司才终于发现，她穿着一件和她抢走的那副手套同样颜色的粉色无袖短连衣裙，后背裸露。她用力甩着两只胳膊，手上戴着那副羊皮手套，和盛夏的阳光一点也不搭。慎司追了上去。她那双粉色的手抓住他的手。羊皮凉爽的触感顿时让他的心也随之跃动起来。那种触电般的感觉，就像触到那个与他相亲相爱的小情人的手心，不，或者说更像他们第一次见面时他在桌子下面偷偷用脚尖轻抵她小腿时的感觉。

"就是这里。"

这里是信徒会旁边的那个广场。从今天早晨开始，慎司已经多次来到这里。那个头发乱蓬蓬的老人依然站在教堂前的台阶上，抱着吉他调节吉他弦。

"他是你的朋友吗？"

"嗯，是啊。"

那个老头抬起头来，冲远处的丹妮尔微微一笑。但是，慎司却总感觉他是冲自己笑的。

老头摇晃着身体，开始弹起吉他。那是一首慎司没有听过的蓝调曲子。然后，节奏开始慢慢加快，等慎司回过神来的时候，曲子又变成那首《加州旅馆》。丹妮尔放开慎司的手，像轻盈的蝴蝶一样迈开步子跑向吉他手。她开始跳起舞来，粉红的小手在空中画着圆。在广场上休息的游客都眯起眼睛，微笑着看着那个可爱的少女，为她鼓掌或发出喝彩声。丹妮尔就像完全没有听到这些人的喝彩，闭着眼睛，就像只能听到朋友弹奏的吉他声和嘶哑的歌声，嘴角微微上扬，双唇形成微笑的形状。慎司感到吃惊。他的那个小情人，真心爱着他的那个少女，在被他爱抚的时候，屈服于他的时候，珍爱他的时候，她的嘴唇就会变成这种美丽的弓形。

对。这么美丽的唇形，我怎么会忘记了呢？

盯着这个长着同样唇形的少女，慎司终于明白，自己花费宝贵的时间和金钱千里迢迢地来到这个小岛，既不是为了安排妻子出轨，也不是想通过这种方式得到自己一直渴望的气场。——自己只是害怕面对小情人的无私奉献，不敢正视她那专一且对一个浮华的中年男人完全信赖的眼神。而这种恐惧和逃离证明了她最真挚的爱情。

这时，慎司突然感觉自己全身的肌肤就像被一种柔软而温暖的东西包裹起来，又好像是失去了重力，在没有任何阻挡的天上随风飞翔。

如果这就是幸福——他不由得蹲在地上——我现在就已被一种令人难以置信的幸福包围。

跳舞的那个少女就像龙卷风一样一圈圈地急速旋转，然后消失了。

太阳开始西沉。

慎司迷迷糊糊地睁开眼睛，男人依然在弹奏那首《加州旅馆》。

已经快九点了。慎司起身环视了一下周围。还有几个年轻的游客，远远地看着那个弹吉他的老人。那些年轻人背着大背包，皮肤晒得黝黑，满脸欲望，同时又一副睡眼惺忪的样子——这些家伙从来没有感受过我感受到的那种幸福，以后也不会感受到。但是，至少我可以为他们祈祷，希望他们终有一日能够得到这样的幸福……慎司又躺在台阶上，听那个老头歌唱。他现在觉得自己不会再去别的什么地方了。因为，他现在躺在这个冰冷的石阶上，感觉非常幸福。他伸出手，把塑料袋拉过来，取出里面的那副红手套，对着手套喊那个少女的名字。一种难以置信的幸福感再次包裹了他的全身。

他闭上眼睛，听了一会儿《加州旅馆》。但是，听完曲子睁开眼睛的时候，他那完美无瑕的幸福突然出现了一丝裂痕。他在吉他手周围的那群游客中发现了那条可怜的柯基犬。那条原本就不应该带来的宠物犬，站在广场的灯光下。

吉他手重复了几遍副歌，终于弹完《加州旅馆》，然后也不休息，就接着开始弹奏《斯卡布罗集市》。这也是他擅长的曲目，今天慎司已经不知听了多少遍。他闭上眼睛，试图继续让自己包裹在温柔的幸福中。但是，还没等吉他手弹完一个小节，慎司就已经确定自己失去了刚才的那种完美幸福。原因无疑是芙祐子的视线。慎司睁开眼睛，发现她离自己更近了一些。虽然她距自己还有一定的距离，但是他却明显感觉到她在盯着自己。

她才失踪了不到三十个小时，但是从远处看，她已经显得形容消瘦、疲惫不堪，就像已经有三十几天没吃东西了似的。原本圆圆的可爱的脸上已经完全没有了肉，就像被勺子捣过的西瓜瓤。厚厚的尖嘴唇就像晒干的无花果，变成了沙色。皮肤被太阳晒黑，到处长着红斑。但是，她的眼中却散发着一种奇特的光芒。芙祐子没有继续朝这边靠近。

慎司无奈地站起身来。就在站起来的那一瞬间，他感到浑身疼痛，赶紧将自己手中的红手套放进裤子口袋里，朝她走去。

"芙祐子？"

慎司喊她的名字，她也不答应。她的眸子深处依然闪烁着光芒，眼神呆滞，紧紧地盯着慎司的脸，就像站在她面前的是一个说着她完全听不懂的外语的外国人。

"芙祐子，芙祐子。"

慎司又往前走了一步，抓住她的胳膊，轻轻摇晃她的身体。

把她带走！慎司听到有人用英语对他说。你是她男人吧？快把她带走！给她吃点东西！不然她会饿死的。慎司回过头去，几名游客紧紧地盯着他。没有办法，他只好将她的胳膊搭在自己的肩上，拖着她走了起来。

芙祐子的身体又冷又沉，虽然很柔软，但是又有很多硬块，拖起来很难。被拖着走的时候，她偶尔会发出低声呻吟。

“你去哪里了？”

问她也不回答。

慎司很生气。为什么自己要牺牲自己的幸福为这个女人收拾残局呢？这就是所谓的责任吗？不，不，我原本对她就不需要负什么责任啊。如果可能的话，真想把这个像一摊烂泥一样压在自己身上的小女人扔到地上，重新回到属于自己的幸福中。但是，某个原因，某个不确定的原因，让他不得不背负着她。所谓的责任，就和这个女人相似，柔软而又沉重，是一种完全的信任。对于现在的他来说，那责任又与爱相似，虽然并不美丽，也不能视而不见。如果对方对他和蔼地微笑，他也就只能笑脸相迎。

慎司背着女人的身体过了好几座桥。每过一座桥，那些兴高采烈地与他擦身而过的游客就会指着他笑。

但是，慎司并不生他们的气。他完全没有任何舍己为人的牺牲精神。

慎司每迈出一步，她的赘肉和关节就会碰得嘎吱嘎吱响，两个小小的身体沿着水边的小路缓缓前进。

红色的太阳就像将要燃尽的线香烟花的前端，悬挂在西方低垂的天空上。列车在连接小岛的长长的泥滩路上飞驰。左边和右边都是大海。远方的夕阳前面，矗立着几根不吉利的黑色烟囱。

早就已经过了晚饭的时间，可是德史却没有感到一点饥饿，他感觉到的是很久很久以前与他做爱的那个女人的滋润与她肉体的抵抗。那种感觉恢复了原来的形状，附在他的心上。他现在非常兴奋，阴茎涨得难受。意外地感到神清气爽，就像长时间的努力终于得到了认可，心里很高兴，想到处向人炫耀，想抱住与自己擦肩而过的那些陌生行人，在他们脸上乱亲一通。他咬紧牙关忍着下体的疼痛，感觉那天晚上的记忆突然苏醒，回到了自己的体内，就像自己很久以前朝天空扔起的石块现在因重力加速以迅猛的速度落了下来。十五年的时间被急速压缩，和很多女人发生的情事、和芙祐子的婚姻生活都从记忆里消失了。德史的视野现在格外清晰，前所未有地清澈。

他向上拉了一下牛仔裤的腰带，让下半身变得宽松一些。

他稍微放松了一下。

窗外，大海在夕阳中闪烁，一片金黄。

列车到站之后，德史就像一个放学后从教学楼里飞奔出来的男生一样身轻如燕，从列车上飞奔下来。然后，他翻过正对面的那座桥，以最快的速度跑向酒店。前方的路就像是在朝这边移动，让他很快抵达加布里埃尔酒店的正门前。等不及电梯下来，他就沿着楼梯跑上了三层，使劲敲响了三〇一房间的门。没有人开门。竖起耳朵仔细听，里面也好像没有人的动静。但是，他并不放弃。握紧的拳头上手指的骨节凸起，继续用力敲着门，感觉骨节都快胀裂了似的……

金属摩擦的声音响起，门突然开了。

看到耀子的那一瞬间，他就一把把她抱在怀里，开始激情拥吻。

将芙祐子背在身上的慎司看到加布里埃尔酒店的大楼出现在视野的前方，喘了一口气。

"瞧，马上就到了。"

"嗯，终于到了。"

慎司听到回答，吓了一跳，不由得站在那里。扭过头去，发现芙祐子的脸近在眼前。刚才还眼神发散的眼睛，而今已经恢复了应有的硬度，闪烁着光芒。

"啊，好像终于有些精神了。"

"给您添麻烦了，对不起。"

"怎么样？自己能走吗？"

"不行……对不起，还得稍等一会儿……"

就这样，芙祐子仍然不愿从慎司的背上下来。慎司答了一句"当然可以"，又走了起来。虽然他不确定她何时恢复了意识，但慎司感觉自己压抑在心中的兴奋已经通过两人密切接触的背部被芙祐子一点点吸走，突然感到有些难为情。芙祐子好像看穿了他的心思，原本紧紧贴在他身上的肚子的压力稍微变轻了些。

"对了，你去哪儿了？大家都很担心，一直在找你呢。

差点都报警了。”

“报了吗？”

“没有，想报来着，但德史君非说再等一等……他说你肯定会回来的……”

“他现在在哪儿呢？”

“不知道啊。从今天早晨出来之后就没再见过。大家从酒店出来，分三路找你，都一整天了。”

“是嘛……”

“你到底去哪儿了？”

芙祐子就像一个被惹怒的孩子，噘着嘴，皱起眉头。她的沉默让慎司想起那个在东京等待自己的小情人，想到她的痛苦，不由得带着哭腔对她说道：

“芙祐子，我认识你们的时间还不长，不知道当讲不当讲……德史君真的很爱你。”

“……”

“假使万一不是那样，我也衷心地希望如此……”

“……”

“但是，你现在应该很累，先吃点东西，在房间里好好休息一晚上……明天早晨我们就得退房离开这里。晚上好好睡一觉，早晨再收拾行李就好了。你要是不行的话，德史君应该会做的，真不行我也可以帮忙。”

两人终于到达酒店的前面。

慎司没有说话，芙祐子却唰地从他的背上下来，拽了拽身上的连衣裙，展开布料的褶皱。走进酒店之后，慎司跟前台打了声招呼，拿了三〇四房间的钥匙。但是，他马上反应过来：既然钥匙还在这里，说明德史君还没回来？——也就是说，他此时已经完全忘记了还有一种可能，那就是自己策划的通奸行为或许已经在楼上得以实现。

"德史君好像还没回来。他还在找你呢。"

慎司并没有看到他期待的反应。在这个时候，芙祐子的脸上原本应该会浮现出她最拿手的天真笑容，但她却像根本没有听到慎司的话，只是盯着天花板上破旧的吊灯，眼睛里闪烁着光芒。

两人乘电梯到了三楼，打开这边三〇四房间的门。慎司让芙祐子坐在床沿上。打开冰箱，发现里面只有各种酒类，没有水。慎司给客房接待处打了个电话，让服务员送水上来。芙祐子轻轻地打了一个喷嚏。慎司将手背贴在她的额头上，却感觉不出她是否在发热。

"该不会是感冒了吧？带感冒药了吗？"

芙祐子摇头。

"那我去拿一下……吃完药，一定要好好休息。稍等一下，我马上就回来。如果困了就先睡。"

慎司急匆匆走出房间。

对，给她吃点露露①让她睡着，这里就没我什么事儿

---

① 日本最常见的感冒药。

了！来到三〇一房间门口，他才终于想起妻子在房间里等着他。但是，不论他怎么敲门，都没有人出来开门。他有些生气，乘上正好停在三楼的电梯，来到酒店大堂。我妻子拿着钥匙外出了。——他用磕磕巴巴的英语告诉前台的服务员，拿到备用钥匙。脚步变得十分轻盈。电梯已经上去，他便急匆匆地爬楼梯上了楼……就像几分钟前妻子的情人也是从这里爬上去的那样。

站在三〇一房间门前的慎司，将钥匙插进了钥匙孔里。

然后，他看到了他们。

芙祐子躺在床上，感觉自己的视野随着时间的流逝变得越来越清晰，轮廓也越来越鲜明。

昨天，她在一个自己也不清楚是哪儿的一栋小楼的房间里，和一个男人尽情地做完爱，男人直接拿着啤酒瓶对着嘴喝啤酒，慢慢地抽烟，提出将芙祐子送回酒店。芙祐子赤裸着身子躺在床上，喝光面前的一杯可口可乐。男人坐在她面前，抚摸她的头发。太好了。他这样说道。芙祐子看到男人脸上的微笑，有一种久违的感觉，而没有感到任何罪恶和屈辱。她切身体会到，原来即便没有爱情自己也可以与别人如此赤裸相拥。这种感觉与以前她根据那些女性朋友讲给她听的色情体验而进行的想象明显不同，却又好像是同一回事。不管怎样，这种感觉很好。但是，一且尝到了肉体的滋味，她也就禁不住对这个肉体的主人也产生了一种亲密的爱情。她已经爱上这个自己连名字也不知道的男人。

走出那个五层小楼，男人轻柔地在芙祐子耳边说着一些她听不懂的话。带着浓重口音的英语中，偶尔像沙粒一样夹杂着一些意大利语单词。当芙祐子竖起耳朵想要听懂他说什么的时候，他的语言就变得既不像英语又不像意大利语了。

男人指引的那条路笔直地通向无尽的远方。

那条路一会儿变成一条宽敞的大路，两边都是出售报纸、狂欢节面具、意大利冰淇淋和贡多拉船夫照片的商店，一会儿又变成一条只能勉强通过一个行人的小路。男人走得很快，芙祐子盯着男人的背影，一路小跑着跟在他的后面。直到刚才还赤裸的后背、在昏暗的房间里像大山一样高耸的后背，现在已经看不到了。

来到一个地方，男人突然停下脚步，说道：

"我最喜欢这座教堂了。"

他现在说的是芙祐子也能听懂的英语。她看了看她的第一个情人指的那座建筑物。那是一座灰色简朴的建筑，一点也不像教堂。

"Miracoli①，你知道吗？

---

① Santa Maria dei Miracoli，奇迹圣母堂。

"这座教堂是一座奇迹的教堂。圣马可大教堂你已经去过了对吧？这里是用建造那座教堂剩下的大理石建成的。"

男人再次快步走了起来。不久就来到一个椭圆形的广场上，他停下脚步。就此道别吧。他说道。芙祐子吃了一惊，不由得笑了起来。因为他刚才还说要把芙祐子送回酒店呢。

"从这里一直走就到车站了。用不了十分钟。"

男人紧紧地盯着芙祐子，要与她吻别。芙祐子如他所愿，给了他一个温柔的吻。I miss you。她说道。男人听了，笑着说：这么快就？她本来想再说一句"I love you"，但还没等她开口，男人就已经离开了。芙祐子站在原地，行人无情地撞在她的身上。

芙祐子沿着来时的路往回走，走向奇迹圣母堂。

刚才看到那堵墙壁上没有入口。那好像是建筑物的后面。芙祐子沿着墙往前走，打开一个小门走了进去。刚进去就有一个柜台，一个老女人坐在玻璃后面，狠狠地盯着芙祐子。她默默地支付了三欧元，站在了教堂的后方。墙上镶满了珊瑚色、灰色和奶油色的大理石。她屏住呼吸，看着精致可爱的教堂，坐在为祷告者准备的椅子上。教堂里一个人也没有。Miracoli，她就像在品味一块糖似的，口中喃喃重复着这个词。那块糖没有在舌尖融化，而是落入体内，不停地在软软的肉里滚动。

不久就到了教堂关门的时间了，但是不知道为什么，售票处的那个女人并不向芙祐子搭话。偶尔有几个游客走进来，或者跪在祈祷台前祈祷，或者感叹这座教堂华丽的内部装饰。当她醒过神来的时候，发现教堂里又只剩下她一个人了。但是，奇怪的是，她一点都不感到寂寞。

　　芙祐子平静地呼吸着，不知不觉间到达一种临终等死之人的境界，心平气和地怀着感激之念，开始回忆自己不值一提的这二十八年的人生。爱出风头的幼年时期，突然变得内向的青春期，大专毕业后在房地产公司当置业顾问的那些日子……对，我从小就没有什么职业梦想。只要能自食其力地养活自己就行——她住在从公司乘电车要花一个半小时的郊外的廉价公寓里，到周末就用囤来的食物自己做饭吃。公司发一点可怜的奖金，哪怕一块钱她也不舍得花。她把钱全都存了起来。工作了六年之后，她的存款已经超过五百万日元。她和德史订婚，把这五百多万元的存款全都给了他。——她觉得这样做她才总算将自己的一生都奉献给了这个未来的丈夫。——奉献，是她爱情的全部。在他的面前，她没有任何想要独占的东西，也没有任何不舍得分享给他的东西。对于她来说，如果有的话，那便不是爱。而且，即便是现在，当自己被一个与自己萍水相逢的男人拥抱之后对他产生一种新鲜的爱情时，她也想把这种爱全都献给丈夫。即便除此之外自己再也没有什么可以送给他，即便自己变成一副空壳，她也会全身心地去

226

爱他。无论重来多少次都行。而且，即便根本没有什么希望，她也想全身心地去谋求他对自己同等的爱。如果做不到，那她就只剩下一条路，那就是在这个小小的教堂里默默地凋零老去。

在昏暗的教堂里度过了一个晚上，现在总算回到原地的她，感觉自己终于认识到真正的自己。她开始感觉昨天躺在这张床上独自苦闷的那个自己，就像是一个自己未曾谋面的亲生孩子，非常可怜。

她是那种如果没有爱就会死掉的人。

如果不爱或者不渴望得到爱，就无法活下去。

没有什么值得烦恼的嘛。这个世界上，有的人渴望得到爱，有的人成为被渴望的对象。而自己，不仅仅就是一个渴望得到爱的人吗？当芙祐子在心中这样自言自语的时候，她迎来了自己二十八年的人生中最为心静的一刻。这个世界上只要存在这两种人，爱情就永远是不均衡的。爱情因不均衡才成立，完美的均衡只是崩溃的开始……所以，像她这样的女人，就必须拼命地去爱。为了永远保持这种不均衡，只有去爱才是爱的方法。所以，她感觉无论这个岛上的哪个人与她丈夫赤身裸体睡在一起，她也不会感到丝毫嫉妒和悲伤。毕竟，她爱他。

她终于感觉好像收支平衡了。

在令人眩晕的不均衡当中，所有的东西都保持着和谐。她的眼中浮现出泪水。

"Miracoli."

芙祐子说了一句话，这才感到口渴。这时，她听到有人敲门，打开门一看，发现一个长得稍微有些黑、好像有印度血统的中年女人拿着一瓶水和一个玻璃杯站在门口。

她将水递给一脸吃惊的芙祐子，用一口带着浓重口音的英语说道：

"给您水。"

芙祐子还在不知所措，那个女人就已经大步走进房间，将水瓶和杯子放在了桌子上。

"您的朋友，一位先生让我送一瓶水来。"

芙祐子不知所措，拼命地思考怎么表达感谢。女人看着她的样子，将水倒进杯子里递给她。

"喝吧。你口太干了。"

女人的衬衫上挂着一个名牌，上面写着"Anna"。芙祐子把水接过来。

"谢谢你，安娜。"

这时，"安娜"拍着手，鼓着腮大声笑了起来。

"我不是安娜。我的名字叫伊罗娜。安娜是我朋友。"

"Why...why...You are..."

于是，伊罗娜就像决口的堤坝一样滔滔不绝地说了起来。她的语速很快，芙祐子没听明白，但从她的表情和说话的方式判断，安娜大概是有什么事，所以伊罗娜替她在这里工作，替她送水到房间里来。

当伊罗娜说完，用一种征求同意的眼神看着芙祐子的时候，她原本想跟她说一句"辛苦了"。但是，她却找不到对应的英语表达，就只好又说了一句"Thank you"。于是，伊罗娜的脸上再次洋溢着微笑，说道："你好可爱啊。"

"你为什么一个人在这里？"

芙祐子这才反应过来。对啊，为什么现在我一个人在这里？我爱的丈夫，他在哪里？

伊罗娜好像在芙祐子的沉默中发现了什么，坐在她旁边，温柔地将盛着水的玻璃杯送到她的嘴边。

"My husband...is not...not here."

伊罗娜一脸不可思议的样子点了点头。

"My husband..."

芙祐子没能继续说下去。伊罗娜将手放在芙祐子的手上，让她喝了点水。

"像我们这种可爱的女人，在这个美丽的小岛上，一个人从早工作到晚，一个人被丈夫留在房间里独守空房。我们真是不幸啊，我们……"

伊罗娜从芙祐子手里接过空杯子，又拿起桌子上的水瓶倒了满满的一杯水。然后又将盛满水的杯子递到芙祐子的手中。

"Miracoli."

芙祐子说道。

伊罗娜紧紧地闭上刚要开启的双唇。

两个女人依偎在一起，在那里坐了一会儿。

当耀子打开门，看到德史站在门外的那一瞬间，她就知道自己一直焦急等待的那一刻终于到来了。

他扑过来，亲吻她的双唇的那一瞬间，耀子就陶醉在其中了。房间里弥漫的执念，迅速从打开的门中逃离，烟消云散。

接吻无休无止地持续了很长时间。

两人的舌头就像突然被关进笼子的小鸟，在融为一体的口中横冲直撞。舌头和牙齿以及口腔内壁互相碰撞，越激烈就越急切地寻找被自己堵住的出口。德史两手抱住她的头，胡乱地拨乱她的头发。于是，她浓密的头发深处的冰凉的头皮，逐渐被他身体的炽热侵蚀。耀子的头使劲向后扭着，几乎整个反了过去。但是，即便如此，她也不推开他的身体，反而更加用力地抱住他结实的肉体，再也不想与他分离。关门声在背后响起的时候，两人已经猛地滚到了床上。这时，她只盯着他的眼睛看了一眼。她看到里面有真正的欲望。而且，如果他的眼中映出了真正的欲望，那么她的眼中也一定映出了同样的东西。

双唇依然紧紧地贴在一起，两人就已经开始脱衣服了。但是，这件事让两人感到心烦。因为在这个狂热的过程中，就连解开一个纽扣，都变成一种冰冷的程式化行为。两人再次紧紧地抱住对方的身体，来回翻滚，开始进行粗野的、堪称炽烈的接吻。不久，耀子感觉到在自己的上颌游走的舌头和双唇有些放松下来。无休无止的爱抚就此开始。德史的双唇离开耀子的双唇，寻找着更大面积的裸露肌肤，大胆地在她身体的各种部位游走。他的手不再像刚才那样懒得动，一下子扯掉她的衣服。在恋人激烈的爱抚当中，耀子每次被碰触都感到愉悦，感觉皮肤刺啦刺啦地疼。在手指触摸乳房、后腰和大腿内侧之前，他的舌头已经深入阴毛中，这时耀子不由得发出一声短促的叫声。嘴唇深入她湿润的褶皱，舌尖迅速地来回搅动，试图连潜藏在里面的颤动都一起吸走。——终于！终于！她心中叫了起来，大脑一片空白。也有可能哭了。两人紧紧地拥抱在一起，分不清彼此、上下和前后。舌头和手指在对方裸体的每一个部位移动。身体上柔软的部分变得更加柔软，坚硬的部分变得无比坚硬。身体逐渐熔化，轮廓开始变得模糊，内部传来一个低沉的声音，就像有什么东西从里面漏出来似的。耀子深深地埋头在朝思暮想了十五年的恋人的肉体中，紧紧地闭上眼睛。这种相爱的行为无休无止地持续着。它应该持续到永远，带着与之前的长久等待相符的祝福、执着与关爱……当她终于要敞开自己的身体准备迎接他进入时，她睁开眼睛，想要确认他身上是否有一种永远也不会枯萎的欲望。正在这时，耀子看到了丈夫的脸。

隔着恋人的肩膀，他紧紧地盯着耀子。

就在这一刻，耀子才终于明白，原来他俩才是物以类聚的夫妻。

喂，我们简直一模一样啊！耀子并没有将这句话说出口，而是在被插入的疼痛中大声喘息。还没有完全进入的时候，德史就已经开始剧烈地扭动腰身了。喂！看呀！你快看呀！她现在和恋人融为一体，同时也第一次感觉到自己也和丈夫融为了一体。一种与这种场面完全不符的、莫名其妙的、庄严的感动，在耀子的内心深处卷起一个小小的漩涡。德史的动作越来越激烈，这个漩涡也变得越来越大，以至于能把她自己从床上卷走。这时，德史突然抽离，粗鲁地将她的身体翻过来，让她背对着自己，并让她的臀部高高地翘起。他的手用力抓住她臀部的肉……

"等一下……"

慎司叫了起来。伏在背上的德史立即停了下来。耀子扭过头去，看到气喘吁吁、吃惊地站在自己旁边的慎司。

两手和膝盖无法继续支撑身体，耀子啪地一下子趴在床上。恋人的身体与她的身体分离。原本相连的部位残留着液体，接触到外面的空气时，有些凉凉的感觉。房间里很安静，只有床边响起咔嚓咔嚓的皮带声。

"等一下……"

耀子趴在床上，只有头扭到一边。视野中出现慎司的双腿。皮带掉在地上。然后，覆盖在他双腿上的裤子形成

232

大大的褶皱。当耀子明白自己将会看到那双长着汗毛的双腿和像丑陋的贝壳一样赤裸的膝盖的那一刹那，就像喷薄而出的鲜血一样的东西啪嗒一下掉在地上。

然后是长时间的沉默。

不久，耀子视野中的那条裤子的褶皱舒展开来。然后，皮带被拾起来，发出咔嚓咔嚓的声音，最后掉在地上的那个东西也被拾起来放进裤子后面的口袋里。耀子抬起头来看着丈夫。他的脸涨得通红。而且，她看到丈夫本人好像也对自己的那种感情感到吃惊，全身弥漫着一种不着边际的、甚至接近于慈爱的温柔。

"对不起啊。"

慎司这样说完，打开行李箱，从上面的药箱里拿出露露的瓶子，走出了房间。

房间里又只剩下耀子和德史两个人。

耀子感觉到他的手再次抓住自己的臀部，将自己的整个身体抬了起来。她没有反抗。弯曲着上身，臀部比刚才抬得更高。他再次进入她已经变得冰冷的体内。一开始他就像是在试探什么似的，缓缓地抽动，然后很快就变得像刚才一样剧烈起来。她的头不止一次撞到木制的床头板上。德史开始发出低声的呻吟。抽动的频率变得更快，更加激烈。但是耀子体内的热量已经消失。她现在能感觉到的只有疼痛。不久，德史发出一声足以响彻整个酒店的野兽般的叫声，在她的背上结束了。

耀子趴在床单上。她感到释放在体内的那股热乎乎的液体正在被自己的冰冷侵蚀。仍在被插入着的阴部周围感觉像针扎般疼痛。她闭上眼睛，等待这种疼痛转化为自己焦急期盼的那种快感，等待一九九七年那个冬天的续篇，那时进出的闪光，毋庸置疑的快乐，不会再有第二次的真实瞬间，等待着灵柩的沉重棺盖开启，在里面沉睡的那个年幼的少女醒来，把现在的这个她打碎，让她消失得无影无踪。

　　但是，她等来的只是另一种冰冷。

　　刚才还在自己心中剧烈翻滚的那种庄严的感动，不知不觉间已经汇成一股溪流，冷冷地在她的体内流淌。很快，这股流水就淌到床单上，流到地上，然后悄无声息地弥漫到整个房间。

　　当耀子回过神来的时候，德史已经离开了房间。

　　耀子又变成了一个人。

　　她一边呻吟着，一边张开快要胀裂的双手，抓住还残留着微热、被弄湿的床单。

　　第二天一大早，四人站在造船厂前面的码头上，默默地等待开往机场的小型客船。

　　除了他们之外没有别人在这里等船。太阳刚刚升起，悬挂在东方低矮的天空上，海面上吹来凉爽的海风，让人难以想象这里的白天会那么热。天空还有些发白，没有完全变成碧蓝的颜色。一架飞机缓缓地从上空飞过。沿海路上的酒店和餐馆，甚至连远方的钟楼，都似乎被这清爽干净静谧的早晨感动。

大家觉得，芙祐子这次的失踪事件，不过比以前的那种散心性质的失踪事件稍微升级了一点，并没有继续深究。出发前，芙祐子在酒店的大堂不停地向大家鞠躬道歉，真诚而令人感动，即便另外三人还有责备她的力气，看到此情此景，那份心情也都烟消云散了。

四人在凝重的沉默中等船的时候，只有她脖子上的绿色新围巾符合这旅游胜地的美景，颜色鲜艳，在海风中飘扬。

预计的时间过了很久，一艘黄色的小船才终于出现在海面上，一副忧伤的样子缓缓地开过来。即便在这个时候，四人也都没有说话。船抵达岸边，绳子拴在码头上的桩子上，四人便将各自的行李箱交给那些皮肤晒得黝黑的青年，默默地上了船。

船舱的中间有一条窄窄的通道，两边各有三排座位。耀子坐在右侧的窗边，慎司与她隔着过道，坐在同一排相反方向的窗边。德史和芙祐子并排坐在紧挨耀子身后的座位上。

船上除了这两对夫妻之外，还有十五个老太太组成的旅游团。她们的头发都已发白，挽着同样的发髻，穿着颜色和花纹各不相同的同款连衣裙，在耀子和小谷夫妻前面，紧挨着坐了五排。虽然表面上看起来谁都没有说话，但是一种用外国话窃窃私语的声音却不断地在船舱里回响。对于这四个人来说，这种声音听起来好像既不是从前方传来的，也不是从嘈杂的发动机盒子里传来的，而是从完全不同的另外一个地方涌出来的。

船在剧烈地摇晃。

为了防止客船搁浅而钉在海中的每一根钢桩上，都停着一只白色的海鸟。青年船员在甲板上嚼着口香糖。越来越远的威尼斯岛还是五百年前画家笔下的那个模样，被朝阳下闪烁着翡翠色的波涛不停地冲洗着。

"我还是觉得这个岛是货真价实的。"

芙祐子在背后敲了一下耀子的肩膀，小声说道。耀子回过头去，脸色变得苍白。

"因为这座岛不只有美丽的一面。完美的东西根本就是谎言，是假的。货真价实的东西，都不只有美丽的一面。"

"……"

"比起假的蝴蝶，我更喜欢真的青虫。"

"……"

"因为，真正的青虫……"

"真的假的，都无所谓啦。"

耀子轻声打断了芙祐子。

坐在芙祐子旁边的德史一言不发，看着钢桩上的海鸟。所有的海鸟都面向船行进的方向，没有一只例外。这幅情景有些像寓言，有些脆弱。但是，这种脆弱当中却又的确有某种强韧。那些海鸟预示着他以后漫长的人生。耀子从窗子里探出身去，心中怀着祈祷，那些海鸟看着同一个方向。在很远很远的前方，机场巨大的航站楼在朝阳下静静地闪光。在其身后，一架飞机发出刺眼的银光，缓缓地飞上天空。然后，突然好几架飞机同时出现在天空中，似乎要把整个天空遮蔽。

耀子吃了一惊，定睛一看，发现那其实是一群海鸟。

她转回视线，发现钢桩上的海鸟早已飞离。海面上只剩下生了锈的钢桩，越来越远。

"不管是真的还是假的……"

她小声说着，却已经没有人答话。

"没有的总归还是没有……"

船在海浪的推搡中，不愉快地摇晃着。

很快，四人都逐渐开始晕船。

所有人的嘴唇都湿润了，咽下不停涌上来的酸酸的胃液，忍住各自的呕吐，盯着远方变得朦胧的灰色海面。一个巨大的浪头打了过来，差点把船打翻。船体剧烈摇晃，这时芙祐子突然站起身来。她深深地吸了一口气，开口说道：

"我……"

老太太的说话声突然停了下来。而且，那似乎要撕裂岸壁的刺耳的发动机声，也像是被大海吸了进去，一下子安静下来。

"我，犯恶心。"

鸦雀无声的船舱里，只有这个声音无比清脆，铿锵有力。她回过头去看着在远方的海湾上闪耀的小岛，白皙的脸庞就像圣母的乳房一样圆润光泽。

沉默的小船被亚得里亚海中不断涌起的海浪冲洗着，在翡翠色的海面上平静地摇曳。